林清玄
作品精选
——少年版——

有情十二帖

哲思卷

林清玄 著

品读人间百态　学会理性思辨

浙江少年儿童出版社·杭州

第一辑

猫头鹰人

第二辑

一滴水到海洋

第三辑

生命的化妆

3

第一辑

猫头鹰人

在这个世界上，我们的意念都如在森林中的小鹿，迷乱地跳跃与奔跑，这纷乱的念头固然值得担忧，总还不偏离人的道路。

乌拉草的夕阳

为了看松花江上的雾凇，我们摸黑起床，从一片雪白的长春出发。

听说雾凇不容易看到，因为要各种因缘巧合，气温要刚刚好，使河面的水汽在触到树叶时结成冰珠；湿度也要刚刚好，够把河边的树叶濡湿；时间也要刚刚好，在黎明阳光初照时看见。阳光一旦露脸，雾凇立即化为汽，成为乌有。

坐了两小时的车，抵达那传说最容易形成雾凇的江口，既无雾，亦无凇，只有冷冽的江水和孤寒的树，还有几间隐在地中的土屋，据说是女真族发迹的地方，盖了一个小小的博物馆。

博物馆里最吸引我的，是一双兽皮做的皮鞋，里面密密地织了一层乌拉草。我的记忆里立刻跳出小学时背诵过的话："东北有三宝：人参、貂皮、乌拉草。"眼前的鞋子正是东北一宝乌拉草做的。

馆里的人说："别小看这乌拉草，女真就是靠着小小的草建立了清朝，打下了江山。"

原来，这乌拉草产于溪谷岩石之中，颜色是碧绿色，微细得像头发一样，可以编成衣鞋，甚至被褥。它非常轻巧，又能保暖防湿，女真人穿着乌拉草做成的衣服、鞋子，在北方几乎攻无不克、战无不胜，最后成就了一个大帝国。

大帝国原来是根源于一株小草！

这个想法，竟使我未见雾凇的遗憾，释怀了！

"现在还有乌拉草吗？"我问。

"到处都是乌拉草呀！但是现在制衣、制鞋这么发达，早就没有人穿乌拉草了，编乌拉草的技术也失传了！"馆里的人感叹地说。

作为东北一宝的乌拉草除名了，有人说东北三宝的第三宝要改成天麻，有人说要改成鹿茸，但是韵脚对不上，恐难被人传诵了。

从松花江边回来，路过一个小小的城，名字就叫乌拉城。其实，"乌拉"二字在西域一点儿也不稀奇，乌拉是"部落"的直译，凡是东北的小城，都可以叫乌拉。

乌拉城两边形成一个市集，仔细看，竟然有卖阿迪达斯

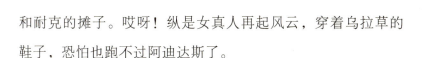

和耐克的摊子。哎呀！纵是女真人再起风云，穿着乌拉草的鞋子，恐怕也跑不过阿迪达斯了。

时代的流逝若比心的流逝还快，会令人感伤；心的流逝若比时代的流逝还快，则见大地苍茫。

我从口袋里面拿出刚刚在江边拔的一把乌拉草，感觉到丝丝暖意，仿佛探知了历史的一点儿消息。

花魂离枝

　　站在千千万万朵花的中间，我的心里突然升起一个冰冷的念头：为什么闻不到花香？

　　这个念头使我忍不住在花摊间来回逡巡，我确定了：这里没有花香，那里没有花香，处处都没有花香！

　　我感到无法言诠的清冷和寂寞。而我正站在台北最大的花市中，四周是一摊连着一摊的切花铺，被无数的玫瑰、桔梗、百合、兰花、菊花……所围绕，千千万万的花竟没有一丝花香，甚至没有一丝丝花的气息。

　　太可惊了！

　　过去的一年，我每个月都会和妻子到花市几次，买几盆当季的草花和几束玫瑰或桔梗的切花，来装饰我们的房子。由于我自己的轻忽，竟然没有注意到花香的问题。一直到今天，我仿佛被什么唤醒了，突然悟到：如果花失去了香气，就像人失去了魂魄，实在太可怕了。

接着，我走到卖兰花的区域，把鼻子埋入一盆一盆的兰花，全无气息，整个兰花的商店立时变成卖"兰花剪纸"的店铺，那不是兰花了，那是剪纸！

想起我在少年时代，曾随爱养兰的父亲，在六龟山区寻找原生兰花的踪迹，那时找到的每一盆兰花都有沁人的花香。也听父亲提及，原住民有一些猎兰高手，他们常爬到树上"闻风"，在风里闻到几里外的兰花香，循香而往，就能找到奇花异草！

如今兰花香何处去寻？满园的兰花竟无一有香！

听种植兰花的农人说过，现在用试管、细胞繁殖兰花实在太简单了。以前价值千万的达摩兰，现在一朵只要一百元，现在的达摩兰和以前的一模一样，唯一不同的是，现在的达摩兰不会香了。

那就像坐在少林寺前面壁的达摩大师，失去了人格的芳香，只剩下沉默的人形立牌了。

不只是切花，再往旁边卖盆栽的摊子逛逛，会发现玉兰、茉莉、含笑，虽然盛开，香也退淡了；九层塔、紫苏、薄荷、薰衣草，只有剥下叶子，用力搓揉，才能勉强挤出一点点儿香味。

花魂离枝

对于花市中的花卉，失去了一切的香，我感到骇然。我们在千万朵玫瑰花中散步，闻到的花香竟然不及在百货公司的香水柜台试喷一滴香水！我们走过号称史上最大的台北花博，闻到的花香竟然完全穿不过人和人推挤的汗臭！

香失而求诸野！我想到不久前到汐止的五指山访友，在车里竟闻到浓郁的花香，把车窗打开，花香一波一波袭人，香气逼着我们下车，就像原住民猎兰的人循着香气前行，最后走到一大片柚子林中。

柚子花正在含苞和盛放，那香气太惊人，满天飞舞的蜜蜂与蝴蝶，正和我们一起分享这春日的繁华。原来花香可以是这样，不是进入我们的鼻子，而是渗入我们的毛孔，我们生命中那些无法言说的苦恼，也从毛孔中被清洗了。

后来，我们在路边买了一罐手工野蜂蜜，一打开，全是柚子花香。蜜蜂用巧手把花香凝结而珍藏了。

如果循着柚子花香，我就可以找到童年时代的柠檬园和槟榔林。柠檬花和槟榔花开的香气，远远超过人的想象，前者清冽，后者冷艳，让人仿佛置身于佛经所说的"香水大海"，如果有热气旋，我们就能乘着万香的翅膀，飞向如来的国度。

自然的花香为什么在现代失去了？

谁曾在花市看过一只蜂和一只蝶呢？

谁能在花市的万花丛中闻到花香呢？

花香的失去是不是正在隐喻我们失去了自然的原貌呢？

兰花快速地在试管中繁殖，一直到开花前没有亲近过土地，未曾受到雨露光电的洗礼，只在最后开花时，被匆匆塞进塑胶盆里。它根本不知道自己是有香气的植物，它也不需要用花香来引诱蜂蝶授粉，又如何会有香气呢？

玫瑰是不断地剪枝插枝，它虽然勉强地生存，又加上许多化肥来哺育，所以很快地开花了。但现代的玫瑰盆栽，开完花就枯了，拔出来一看，连根都没有长全，更不用说深入地里了！无根的玫瑰又如何会有香气呢？

其他的花不也是这样吗？种花的人种的不是花，种花的人种的是钞票。对花而言，香气是要紧的！对钞票，需要什么香气呢？

失去了香气的花是如此骇人！还有更骇人的，你去过花博了吗？眼见那满坑满谷抢着入园的人，几人亲近过土地、几人受过风雨？又有几人从心里开出人格的馨香？

菩萨坐在莲花上最大的理由，不只是出污泥而不染，而是菩萨的心与莲花的心都有非凡的芬芳。

可憾的是，在现代，连莲花都不香了！

猫头鹰人

　　在信义路上，有一个卖猫头鹰的人，平常他的摊子上总有七八只小猫头鹰，最多的时候摆十几只，一笼笼叠高起来，形成一个很奇异的画面。

　　他的生意顶不错，从每次路过时看到笼子里的猫头鹰全部换了颜色可以知道。他的猫头鹰种类既多，大小也很齐全，有的猫头鹰很小，小到像还没有出过巢，有的很老，老到仿佛已经不能飞动。

　　我注意到卖鹰人是很偶然的，一年多前我带孩子散步经过，孩子拼命吵闹，想要买下一只关在笼子里的小猫头鹰。那时，卖鹰的人还在卖兔子，摊子上只摆了一只猫头鹰，卖鹰者努力向我推销说："这只鹰仔是前天才捉到的，也是我第一次来卖猫头鹰，先生，给孩子买下来吧！你看他那么喜欢。"我这才注意到眼前卖鹰的中年人，看起来非常质朴，是刚从乡下到城市谋生活的样子。

我没有给孩子买鹰，那是因为我一向反对把任何动物关在笼子里，而且我对孩子说："如果都没有人买猫头鹰，卖鹰的人以后就不会到山上去捉猫头鹰了。你看，这只鹰这么小，它的爸爸妈妈一定为找不到它在着急呢！"孩子买不成猫头鹰，央求站在前面再看一会儿，正看的时候，有人以五百元买了那只鹰，孩子哇啦一声，不舍地哭了出来。

此后我常常看见卖鹰的人，他的规模一天比一天大，到后来干脆不卖兔子，只卖猫头鹰，定价从五百五十元到一千元左右，生意好的时候，一个月卖掉几十只。我想不通他从何处捕到那么多的猫头鹰，有一次闲谈起来，才知道台湾深山里还有许多猫头鹰，他光是在坪林一带的山里一天就能捕到几只。

他说："猫头鹰很受欢迎呢！因为它不吵，又容易驯服，生意太好了，我现在连兔子也不卖了，专卖鹰。一有空我就到山上去捉，大部分捉到还在巢中的小鹰，运气好的时候，也能捉到它们的父母……"

我劝他说："你别捉鹰了，捉鹰的时间做别的也一样赚那么多钱。"

他说："那不同呢！捉鹰是免本钱稳赚不赔的。"

对这样的人，我也不能再说什么了。

后来我改变散步的路线，有一年多没有见过卖猫头鹰的人。前不久我又路过那一带，再度看到卖鹰者，他还在同一个街角卖鹰，猫头鹰笼子仍然一个叠着一个。

当我看见他时，大大吃了一惊，那卖鹰者的长相与一年前我见到他时完全不同了。他的长相几乎变得和他卖的猫头鹰一样，耳朵上举、头发扬散、鹰钩鼻、眼睛大而瞳仁细小、嘴唇紧抿，身上还穿着灰色掺杂褐色的大毛衣，坐在那里就像是一只大的猫头鹰，只是有着人形罢了。

短短一年多的时间，为什么使一个人的长相完全不同了呢？这巨大的变化是从何而来呢？我努力思索卖鹰者改变面貌的原因。我想到，做了很久屠夫的人，脸上的每道横肉，都长得和他杀的动物一样。而鱼市场的鱼贩子，不管怎么洗澡，毛孔里都会流出鱼的腥味。我又想到，在银行柜台数钞票很久的人，脸上的表情就像一张钞票，冷漠而势利。在小机关当主管作威作福的人，日子久了，脸变得像一张公文，格式十分僵化，内容逢迎拍马。坐在电脑前面忘记人的品质的人，长相就像一台电脑。还有，跑社会新闻的记者，到后来，长相就如同社会版上的照片……

原因是这样来的吗？或者是像电影电视上演坏人的演

林清玄
作品精选·少年版

员，到后来就长成一脸坏相，因为他打从心里一直坏出来，到最后就无法辨认了……

一个人的职业、习气、心念、环境都会塑造他的长相和表情，这是人人都知道的，但像卖猫头鹰的人改变那么巨大而迅速，却仍然出乎我的预想。我的眼前闪过一串影像，卖鹰者夜里去观察鹰的巢穴，白天去捕捉，回家做鹰的陷阱，连睡梦中都想着捕鹰的方法，心心念念在鹰的身上，到后来自己长成一只猫头鹰都已经不自觉了。

我从卖鹰者的前面走过，和他打招呼，他居然完全忘记我了，就如同白天的猫头鹰，眼睛茫然失神，他只是说："先生，要不要买一只猫头鹰，山上刚捉来的。"

这使我在后来的散步里，想起了三千年前瑜伽行者的一部经典《圣典博伽瓦谭》，记载了巴拉达国王的故事。

巴拉达国王盛年的时候，弃绝了他的王后、家族和广袤的王国，到森林里去，那是他相信古印度的经典，认为人应该把中年以后的岁月用于自觉。

他在森林中过着苦行生活，仅仅食用果子和根菜植物，每日专注地冥想，经过一段时间，他的自我从身中醒觉了过来。有一天他正在冥思，忽然看到一只母鹿到河边饮水，随后又听到不远处狮子的大吼，母鹿大吃一惊，正要逃跑的时候，一只小鹿从它的子宫堕下，跌入河中的急流里，母鹿害怕得全身颤抖，在流产之后就死去了。

巴拉达眼看小鹿被冲向下游，动了恻隐之心，便从河里救起小鹿，把小鹿带在自己身边。从此他和小鹿一起睡觉、一起走路、一起洗澡、一起进食，他对待小鹿就如同对待自己的孩子，自己的心念完全系在小鹿身上。

有一天，小鹿不见了。巴拉达陷入了非常焦躁的意念里，担心着小鹿的安危，就像失去了儿子一样，他完全无法冥思，因为想的都是小鹿，最后他忍不住启程去寻找小鹿。在黑暗森林里，他如痴如狂呼唤小鹿的名字，终于不小心跌倒了，受了重伤。就在他临终的时候，小鹿突然出现在他的身边，就像爱子看着父亲一样看着他，就这样，巴拉达的心念和精神全部集中在小鹿身上，他下次醒来的时候，发现自己成为一头鹿，这已经是他的下一世了。

这是瑜伽对于意念的看法，意念不仅对容貌有着影响，巴拉达疼爱小鹿，都因而沉进了轮回的转动，那么，捕捉贩卖猫头鹰的人，长相日益变成猫头鹰又有什么奇怪呢？

和朋友谈起猫头鹰人长相变异的故事，朋友说："其实，变的不只是卖鹰的人，你对人的观照也改变了。卖鹰者的长相本来就那样子，只是习气与生活的濡染改变了他的神色和气质罢了。我们从前没有透过内省，不能见到他的真面目，当我们的内心清明如镜，就能从他的外貌进而进入他的神色和气质了。"

难道，我也改变了吗？

在这个世界上，我们的意念都如在森林中的小鹿，迷乱地跳跃与奔跑，这纷乱的念头固然值得担忧，总还不偏离人的道路。一旦我们的意念顺着轨道往偏邪的道路如火车开去，出发的时候好像没有什么，走远了，就难以回头了。所以，向前走的时候每天反顾一下，看看自我意念的轨道是多么重要呀！

我们不只要常常擦拭自己的心灵之镜，来照见世间的真相；也要常常照照镜子，看看自己的长相与昨日的不同；更要照心灵之镜，才不会走向偏邪的道路。卖猫头鹰的人每天面对猫头鹰，就像在照镜子。我们面对自己俗恶的习气，何尝不是在照镜子呢？

想到这里，有一个人与我错身而过，我闻到栗子的芳香从他身上溢出，抬头一看，果然是天天在街角卖糖炒栗子的小贩。

锦　鲤

　　路过鱼店的时候，我看到两缸锦鲤鱼的鱼缸摆在一起，两缸鱼的花色均十分美丽，大小也接近，标价却不同，一缸写着"每尾五元"，另一缸写着"一对六十元"。

　　"这标价是不是贴错了？"我问老板。

　　老板特别俯首看了标签，说："没有错呀！左边的这缸，一尾五元，右边的这缸，一对六十元。"

　　"这鱼看起来都一样是锦鲤，为什么价钱差那么多呢？"

　　"都是锦鲤没错，你看，两缸的颜色不同，锦鲤的价钱是由颜色来决定的，从一孵化出来就已经决定了。举个例子说，市场里的鲤鱼，一条只要几十元钱。但像那么大的锦鲤，如果颜色好，一条可能卖到几十万元。"

　　老板还告诉我，那两个鱼缸里的锦鲤是同一批孵出来的，一出生，价钱就差了六倍，如果养到一斤重以上，可能价钱就差了千倍，甚至万倍。我再仔细地看了那些锦鲤，发现便宜的那些，颜色比贵的那些并不逊色，不禁大惑不解：怎么决定颜色好坏呢？"

"颜色倒没有一定的啦！一般说来，有三种评定的方法：一是纯色最贵，例如纯金、纯银、纯黑、纯白，或纯红；二是杂色均匀，如果有不同的颜色，要均匀才好；三是颜色明晰，不论是纯色或杂色，都要清晰，有透明感。不符合这几个条件的，就被淘汰了，一般在街边给小孩子捞的锦鲤都是被淘汰的，只能活上三两天。我正准备把这一缸拿到市场去摆摊呢！"

我蹲下来，痛心地看那些已被淘汰仍快乐不自知的锦鲤幼儿，它们一生下来，颜色就注定了悲惨的命运，连奋斗向上的机会都没有，使我想起人世的不平不仅在人，也在各有情众生。人还算是幸运的，在不平中犹能奋力一搏，有所转机，众生却在无知中被牺牲了。

而且，我看那些被淘汰的锦鲤，有的真是很美，从艺术创造的观点看，它们有独创性，胜过那些价钱高的锦鲤——这样想来，人有什么资格用自己的主观来决定鱼的命运呢？我决定养一些鱼，就养被淘汰的那些。

我买了鱼缸和一切设备，并且叫老板帮我捞十条鱼。

锦
鲤

"什么颜色的?"他问。

"都可以,我并不计较颜色。"

结果,我得到的十条鱼和它们的缺点是这样的:两条红黑相间的,因红色人淡,被认为色彩不清;有四条红色的,被认为尾巴太大,身材不好;两条红色的只有背部滚了黑边,长相过于奇特;一条红色的,偏偏脸只白了一边,十分荒谬;另外一条则长得和一般鲤鱼没有两样,有红色尾巴。

我把鱼养在缸里,每一条都长得活泼可爱,现在已经比我刚买回来时大了一倍,颜色更加奇异起来。每当朋友来看我的鱼缸,无不赞美有加,说:"没有看过颜色长相这样奇怪的锦鲤,是在哪里找到的?"言下颇有稀世之珍的意味。

我有时开玩笑说:"一般说来,锦鲤有三种评定方法:一是色彩有独创性,要找那天下独一的颜色最贵;二是长相特别,像这四条尾巴比身体大的锦鲤是很少见的;三是……"说得朋友一一点头称是。在我的观念里,任何锦鲤都是一样,它们是生命。生命的可贵等值,我是不在乎肤色的。

前几天我再度路过鱼店,看到那缸六十元的,正养在店中的水池里,而那缸五元的锦鲤早就一尾不剩了。我站在空鱼缸旁边,不禁悲从中来。

味之素

在南部，我遇见一位中年农夫，他带我到耕种稻子的田地。

原来他营生的一甲多稻田里，大部分是机器种植，从耕耘、插秧、除草、收割，全是机械化的。另外留下一小块田地由水牛和他动手。他说一开始时是因为舍不得把自小养大的水牛卖掉，也怕荒疏了自己在农田的经验，所以留下一块完全用"手工"的土地。

等到第一次收成，他仔细品尝了自己用两种耕田方式生产的稻米。他发现，自己和水牛种出来的米比机器种的要好吃。

"那大概是一种心理因素吧！"我说，因为他自己动手，总是有情感的。

农夫的子女也认为是心理因素，农会的人更认为这是不可能的，只是抗拒机器的心理情结。

农夫说："到后来我都怀疑是自己的情感作祟，我开始做一个实验，请我媳妇做饭时不要告诉我是哪一块田的米，让我吃的时候米猜。可是每次都被我说中了，家里的人才相信不是因为感情和心理，而是味道确有不同，只是年轻人的舌头已经无法分辨了。"

这种说法我是第一次听见。照理说同样一片地，同样的稻种，同样的生长环境，不可能长出可以辨别味道的稻米。农夫同样为这个问题困惑，然后他开始追查为什么他种的米会有不同的味道。

他告诉我："那是因为传统。"

"什么样的传统呢？"我说。

他说："我从翻田开始就注意自己的土地。我发现耕耘机翻过的土只有一尺深，而一般水牛的力气却可以翻出三尺深的土，像我的牛，甚至可以翻三尺多深。因此前者要下很重的肥料，除草时要用很强的除草剂，杀虫的时候就要放加倍的农药。这样，米还是一样长大，而且长得更大，可是米里面就有了许多不必要的东西，味道当然改变了，它的结构也不结实，所以它嚼起来淡淡松松，一点也不弹牙。"

至于后者，由于水牛能翻出三尺多深的土地，那些土都是经过长期休养生息的新土，充满土地原来的力量，只要很少的肥料。有时根本用不着施肥，稻米已经有足够成长的养分了。尤其是土翻得深，原来长在土面上的杂草就被新翻的土埋葬，除草时不必靠除草剂；又因为翻土后经过烈日曝晒，地表的害虫就失去生存的环境，当然也不需要施放过量的农药。

农夫下了这样的结论："一株稻子完全依靠土地单纯的力气长大，自然带着从地底深处来的香气。你想，咱们的祖先几千年来种地，什么时候用过肥料、除草剂、农药这些东西？稻子还不是长得很好，而且那种米香完全是天然的。原因就在翻土，土犁得深了，稻子就长得好了。"

是吧！原因就在翻土，那么我们把耕耘机改成三尺深不就行了吗？农夫听到我的言语笑起来，说："这样，耕耘机不是要累死了。"我们站在农田的阡陌上，会心地相视微笑。我多年来寻找稻米失去米的味道的秘密，想不到在乡下农夫的实验中得到一部分解答。

我有一个远房亲戚，在桃园大溪的山上种果树。我有时去拜望他，循着青石打造的石阶往山上走的时候，就会看到亲戚自己垦荒拓土开辟出来的果园。他种了柳丁、橘子、木瓜、香蕉和葡萄，还有一片红色的莲雾。

台湾的水果长得好，是人尽皆知的事。亲戚的果园几乎年年丰收，光是站在石阶上俯望那一片结实累累红白相映的水果，就足够让人感动，更不要说能到果园里随意采摘水果了。但是每一回我提起去果园采水果，总是被亲戚好意拒绝，不是这片果园刚刚喷洒农药，就是那片果园才喷了两天农药，几乎没有一片干净的果园。为了顾及人畜的安全，亲戚还在果园外面竖起一块画了骷髅头的木板，上书"喷洒农药，请勿采摘"。

他说："你们要吃水果，到后园去采吧！那一块是留着自己吃的，没有喷农药。"

在他的后园里有一小块围起来的地，种了一些橘子、柳丁、木瓜、香蕉、芒果，还有两棵高大的青种莲雾等四季水果，周围沿着篱笆，还有几株葡萄。在这块"留着自己吃"的果园，他不但完全不用农药，连肥料都是很少量使用，但经过细心的料理，果树也是结实累累。果园附近，还种了几亩菜，养了一些鸡，全是土菜土鸡。

我们在后园中采的水果，相貌没有大园子里的那样堂皇，总有几个虫咬鸟吃的痕迹，而且长得比较细瘦，尤其是青种的老莲雾，大概只有红色莲雾的一半大。亲戚对这块园子津津乐道，说别看这些水果长相不佳，味道却比前园的好得多，每种水果各有自己的滋味，最主要的是安全，不怕吃到农药。他说："农药吃起来虽不能分辨，但是连虫和鸟都不敢吃的水果，人可以吃吗？"

他最得意的是两棵青种的莲雾，说那是在台湾已经快绝迹的水果了，因为长相不及红莲雾，论斤论秤也不比红莲雾赚钱，大部分被农民毁弃。"可是，说到莲雾的滋味，红莲雾只是水多，一点没有味道。青莲雾的水分少，肉质结实，比红色的好多了。"

然后亲戚感慨起来，认为台湾水果虽一再改良，愈来愈大，却都是水，每一种水果吃起来味道没什么区别，而且腐烂得快。以前的青莲雾可以放上一星期不坏，现在的红莲雾则采下三天就烂掉一大半。

我向他提出抗议，为什么自己吃的水果不洒农药和肥料，卖给果商的水果却要大量喷洒，让大家没有机会吃好的、安全的水果。他苦笑着说："这些虫食鸟咬的水果，批发商看了根本不肯买，这全是为了竞争呀！我已经算是好的，听说有的果农还在园子里洒荷尔蒙、抗生素呢！我虽洒了农药，总是到安全期才卖出去。一般果农根本不管，价钱好的时候，昨天下午才洒的农药，今天早上就采收了。"

我为亲戚的话感慨不已，更为农民的良知感到忧心，他反倒笑了，说："我们果农流传一句话，说'台北人的胃卡勇'，他们从小吃农药、荷尔蒙长大，身上早就有抗体，不会怎么样的。"至于水果真正的滋味呢？台北人根本不知道原味是什么，早已无从分辨了。

亲戚从橱柜中拿出一条萝卜，又细又长，一副营养不良的样子，根须很长，大约有七八公分。他说："这是原来的萝卜，在菜场已经绝种。现在的萝卜有五倍大。我种地种了三十年，十几年前连做梦也想不到萝卜能长那么大。但是拿一条五倍大的萝卜熬排骨汤，滋味却没有这一条小小的来得浓！"

每次从亲戚山上的果园菜园回来，常使我陷入沉思。难道我们要永远吃这种又肥又痴、水分满溢又没有滋味的水果蔬菜吗？

我脑子里浮现了几件亲身体验的事：母亲在乡下养了几只鹅，有一天在市场买芹菜回来，把菜头和菜叶摘下丢给鹅吃。那些鹅竟在一夜之间死去，全身变黑，因为菜里残留了大量的农药。

有一次在民生公园，看到一群孩子围在一处议论纷纷，

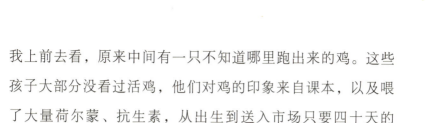

我上前去看，原来中间有一只不知道哪里跑出来的鸡。这些孩子大部分没看过活鸡，他们对鸡的印象来自课本，以及喂了大量荷尔蒙、抗生素，从出生到送入市场只要四十天的肉鸡。

有一回和朋友谈到现在的孩子早熟，少年犯罪频繁。一个朋友斩钉截铁地说，是因为食物里加了许多不明来历的物质，从小吃了大量荷尔蒙的孩子怎能不早熟？怎能不性犯罪？这恐怕找不到证据，却不能说不是一条线索。

印象最深刻的是，二十年前，有人到我们家乡推销味素，在乡下叫作"鸡粉"，那时的宣传口号是"清水变鸡汤"，乡下人趋之若鹜，很快使味素成为家家必备的用品。不管是做什么菜，总是一大瓢味素撒在上面，把所有的东西都变成一种"清水鸡汤"。

我如今对味素敏感，吃到味素就要作呕，是因为味素没有发明以前，乡下人的"味素"是把黄豆捣碎，拌一点土制酱油，晒干以后在食物中加一点，其味甘香，并且不掩盖食物原来的味道。现在的味素是什么做的，我不甚了然，听说是纯度百分之九十九的麸酸钠。这是什么东西？吃了有无坏处？对我是个大的疑惑。唯一肯定的是，味素是"破坏食物原味的最大元素"。"味素"而破坏"味之素"，这是现代社会最大的反讽。

我有一个朋友，一天睡眼蒙眬中为读小学六年级的孩子做早餐，煮"甜蛋汤"，放糖时错放了味素，朋友清醒以后，颇为给孩子放的五瓢味素操心。孩子放学回来，却竟未察觉蛋汤里放的不是糖，而是味素——失去对味素的知觉比吃错味素更令人操心。

过度的味素泛滥，一般家庭对味素的依赖，已经使我们的下一代失去了舌头。如果我们看到饭店厨房用大桶装的味素，就会知道连我们的大师傅也快没有舌头了。

除了味素，我们的食物有些什么呢？硼砂、色素、荷尔蒙、抗生素、肥料、农药、糖精、防腐剂、咖啡因……我们还有什么可以吃？又有什么原味的食物呢？加了这些，我们的蔬菜、水果、稻米、猪、鸡往往因为生产过剩而被丢弃，因为长得太大太多太没有味道了。

身为一个现代人，我时常想起"吾不如老农，吾不如老圃"的话。不是我力不能任农事，而是我如果是老农，可以吃自种的米；是老圃，可以吃自种的蔬菜水果，至少能维持一点点舌头的尊严。

"舌头的尊严"是现代人最缺的一种尊严。连带的，我们也找不到耳朵的尊严（声之素），找不到眼睛的尊严（色之素），找不到鼻子的尊严（气之素）。嘈杂的声音、混乱的颜色、污浊的空气，使我们像电影《怪谈》里走在雪地的美女背影，一回头，整张脸是空白的，仅存的是一对眉毛。在清冷纯净的雪地上，最后的眉毛令我们深深打着寒颤。

没有了五官的尊严，又何以语人生？

芦荟的命运

　　有一天在花市里突然看到有两个专卖芦荟盆景的摊子。大大小小、有着肥厚翠绿叶子的芦荟，不知道何时竟成为养花人的宠儿，一株小芦荟的价钱可以卖到一两百元。这大概是芦荟有史以来最高的价码了。

　　花贩告诉我，他养的盆栽里，芦荟是最近几个月来的热门植物，每次花市开张的日子，总能卖掉几十盆芦荟，有时连他都认为是一种奇迹。他说："很多小姐来花市找芦荟拿回去养，事实上不是为了观赏，而是为了美容。她们每天从盆里拔几片叶子捣碎抹在脸上，一株芦荟只有十几片叶子，几天就用完了，销路当然源源不断。"

　　这种情形开始得不算久。自从许多美容广告以芦荟做招牌后，才使它的身价突然暴涨。广告上说"芦荟"这种植物是"美容圣品"，它不但能美容肌肤，而且能使头发乌黑清亮，用来内服时还能改变新陈代谢，使人血液清洁、身体健康，甚至还能长命不老……于是，许多号称以芦荟制成的面霜、洗发精、食物在短时间内一起出炉，使这原本是农家随意弃置的植物突然走上了高贵的殿堂。

至于小姐们为什么不去购买芦荟制造的成品，偏到花市寻找芦荟的盆景，小贩说得好："现代人是很奇怪的，她们相信广告宣传的芦荟功效，偏又怀疑那些成品有不良的元素，既然要讲究，天然生成是最好的东西，真的芦荟总比制成的药品可信。再说，一大盆原生芦荟的价钱还比一小瓶芦荟的美容剂便宜得多。"这是十分矛盾的现象，为什么我们一方面相信芦荟的功效，一方面又不信任科学的制剂呢？

后来有一次我到书店看书，更惊异地发现芦荟的魅力，光是专谈芦荟功用的书就有几十种，全是彩色精印，说明详尽。有几本还是日本的医学博士写的书，根据这些书里的记载，芦荟不仅是美容圣品，甚至能百病全治。在日本，有许多医学院的医生专门研究芦荟，因为这种植物有两三百个品种，根据研究的结果，每一种芦荟都有它不同的疗效。

据日本人的研究，芦荟早在江户时代即已入药，到明治时代大量使用，但它身价的暴涨是近代的事。一九七五年秋天，爱知县癌症研究中心发表了芦荟提炼的成分有抗癌作用。最近，千叶大学教授添田百枝更以老鼠做实验，发表了芦荟抗癌有效的报告。从此，芦荟席卷了全日本，成为近来"最热门"的植物。不但家家的庭园都有它的踪迹，伊豆半岛附近的板户一色更以盛产芦荟著名，成为日本人皆知的"芦荟的故乡"。

日本人的研究精神非常可佩，他们出版许多"芦荟百科全书"，搜集了历史上记载芦荟药效的一切资料，证明埃及艳后克莉奥佩特拉、罗马皇帝尼禄王、亚历山大都曾以芦荟治病。凡此种种，不但使芦荟风靡日本，并且占领了美国欧洲的天然食物市场。不可否认，台湾喜好芦荟的风气也是从日本传来。

然而以芦荟入药不是传自日本，而是中国古已有之。唐朝诗人刘禹锡曾以它治疗自己的顽癣，《本草纲目》更明白记载它能治疗小儿肝火上升、急惊风，还能治疗大人的热风烦闷，使视力明亮，心神安定。可见中国早在唐朝以前即以芦荟入药，日本人也相信芦荟这种植物乃是镰仓时代自中国传入，它的"汉方药用"最早也传自中国。

《辞海》里对芦荟的解释是："植物名，百合科，常绿植物，产地中海沿岸及热带地方，叶肉质，大而尖，有锐锯齿，花穗状，生于花轴之上部，此植物叶中之液汁，供药用……"这样看起来，今日我们对芦荟的喜好，也可以说是"礼失而求诸野"了。

我想起芦荟这种植物，其实是旧时乡间溪畔的贱物，河海边的一些居民甚至以它作为防风林，它只需一叶就能长成一片，强韧的生命力是惊人的。我们小时候经常摘取芦荟的叶子当成刀剑，在河畔的堤防上玩打斗的游戏。芦荟叶子内部透明的叶肉，常使我感觉一种晶莹的美。我们时常嚼食那透明的叶肉，苦中格外有一股清凉。

我的父亲略通医理，有时我们患了消化不良的毛病，他下田的时候就带一把芦荟回来绞汁，给我们饮用，颇有奇效，这是我过去唯一知道芦荟作药的方法，也可见它的使用不仅是典籍的资料，在民间也是相当广泛的。读了日本人的著作，等于是为芦荟打开了一片广大的天地，它不再是犁田时随意翻耕作为肥料的贱物了，套用日本人的话，是"药用神品""美容圣品"——虽然它的价值还需要做更深入的研究。

芦荟在中国沉寂了千年时光，今天又由日本倒流回来一股热潮，在农家孩子的眼中，特别能感怀到芦荟命运的转变与重生，其中有一种不可揣测的过程。也不禁想到中国有多少像芦荟的植物，在浩瀚的时空烟海中被我们忘记了、忽略了。那是因为我们很少重新注视典籍的记载并加以研究，赋予时代的新意，许多有价值的植物就在我们的忽略与忘记中沉寂了。

可以预见，芦荟挟着不能估量的广告力量以及新产品的开发，将来还会比今天更引人注意，价格还会往上提升。但我们的眼光不能只看着芦荟，应该想想，在芦荟之外，我们还有什么？芦荟的沉寂与再创风潮给我们提供了最好的启示。

黑暗的剪影

在新公园散步，看到一个"剪影"的中年人。

他摆的摊子很小，工具也非常简单，只有一小把剪刀、几张纸。但是他剪影的技巧十分熟练，只要三两分钟就能把一个人的形象剪在纸上，而且大部分非常酷肖。仔细地看，他的剪影上只有两三道线条，一个人的表情五官就在那三两道线条中活生生地跳跃出来。

那是一个冬日清冷的午后，即使在公园里，人也是稀少的，偶有路过的人好奇地望望剪影者的摊位，然后默默地离去。要经过好久，才有一些人抱着姑且一试的心理，让他剪影，因为一张只要二十元，比在照相馆拍一张失败的照片还要廉价很多。

我坐在剪影者对面的铁椅上，看到他生意清淡，不禁令我觉得他是一个人间孤独者。他终日用剪刀和纸捕捉人们脸

黑暗的剪影

上的神采，而那些人只像一条河从他身边匆匆流去，除了他摆在架子上一些特别传神的、用来做样本的名人的侧影以外，他几乎一无所有。

走上前去，我让剪影者为我剪一张侧脸。在他工作的时候，我淡淡地说："生意不太好呀？"没想到却引起剪影者一长串的牢骚。他说，自从摄影普及了以后，剪影的生意几乎做不下去了，因为摄影是彩色的，那么真实而明确；而剪影是黑白的，只有几道小小的线条。

他说："当人们太依赖摄影照片时，这个世界就减少了一些可以想象的美感。不管一个人多么天真烂漫，他站在照相机前面时，就变得虚假而不自在了。因此，摄影往往只留下一个人的形象，却不能真正有一个人的神采。剪影不是这样，它只捕捉神采，不太注意形象。"我想，这位孤独的剪影者所说的话有很深切的道理，尤其是人坐在照相馆灯下所拍的那种照片。

他很快地剪好了我的影。我看着自己黑黑的侧影，感觉那个"影"是陌生的，带着一种连我自己都不敢相信的忧郁，因为"他"嘴角紧闭，眉头深结。我询问着剪影者，他说："我刚刚看你坐在对面的椅子上，就觉得你是个忧郁的人。你知道，要剪出一个人的影像，技术固然重要，更重要的是观察。"

剪影者从事剪影行业已经有二十年了，一直过着流浪的生活，以前是在各地的观光区为观光客剪影，后来连在观光区也被照相师傅取代了。他只好从一个小镇到另一个小镇，出卖自己的技艺。他的感慨不仅仅是生活的，也是"我走的地方愈多，看过的人愈多，我剪影的技术就日益成熟，越能捕捉住人最传神的面貌。可惜我的生意却一天不如一天，有时在南部乡下，一天还没有十个人上门"。

作为一个剪影者，他最大的兴趣是在观察。早先是对人的观察，后来生意清淡了，他开始揣摩自然，剪花鸟树木，剪山光水色。

"那不是和剪纸一样了吗？"我说。

"剪影本来就是剪纸的一种，不同的是：剪纸务求精细，色彩繁多，是中国的写实画；剪影务求精简，只有黑白两色，就像是写意了。"

因为他夸说什么事物都可以剪影，我就请他剪一幅题名为"黑暗"的影子。

剪影者用黑纸和剪刀，剪了一个小小的上弦月和几粒闪耀的星星。他告诉我："本来，真正的黑暗是没有月亮和星星的，但是世间没有真正的黑暗，我们总可以在最角落的地方看到一线光明。如果没有光明，黑暗就不成其黑暗了。"

我离开剪影者的时候，不禁反复地回味他说过的话。因为有光明的对照，黑暗才显得可怕。如果真是没有光明，黑暗又有什么可怕呢？问题是，一个人处在最黑暗的时刻，如何还能保有对光明的一片向往。

现在这张名为"黑暗"的剪影正摆在我的书桌上，星月疏疏淡淡地埋在黑纸里，好像很不在意似的。"光明"也许正是如此，并未为某一个特定的对象照耀，而是每一个有心人都可以追求。

后来我有几次到公园去，想找那一位剪影的人，却再也没有他的踪迹了。我知道他在某一个角落里继续过着漂泊的生活，捕捉光明或黑暗的人所显现的神采，也许他早就忘记曾经剪过我的影子。这丝毫不重要，重要的是我们在一个悠闲的下午相遇，而他用二十年的流浪告诉我："世间没有真正的黑暗。"即使无人顾惜的剪影也是如此。

松子茶

朋友从韩国来，送我一大包生松子。我还是第一次看到生的松子，晶莹细白，颇能想起"空山松子落，幽人应未眠"那样的情怀。

松子给人的联想自然有一种高远的境界，但是经过人工采撷、制造过的松子是用来吃的。怎么样来吃这些松子呢？我想起饭馆里面有一道炒松子，便征询朋友的意见，要把那包松子下油锅了。

朋友一听，大惊失色："松子怎么能用油炒呢？"

"在台湾，我们都是这样吃松子的。"我说。

"罪过，罪过。这包松子看起来虽然不多，你想它是多少棵松树经过冬雪的锻炼才能长出来的呢？用油一炒，不但松子味尽失，而且也损伤了我们吃这种天地精华的原意了。何况，松子虽然淡雅，仍然是油性的，必须用淡雅的吃法才能品出它的真味。"

"那么，松子应该怎么吃呢？"我疑惑地问。

"即使在生产松子的韩国，松子仍然被看作珍贵的食品，松子最好的吃法是泡茶。"

"泡茶？"

"你烹茶的时候，加几粒松子在里面，松子会浮出淡淡的油脂，并生松香，使一壶茶顿时津香润滑，有高山流水之气。"

当夜，我们便就着月光，在屋内喝松子茶，果如朋友所说的，极平凡的茶加了一些松子就不凡起来了。那种感觉就像是在遍地的绿草中突然开起优雅的小花，并且闻到那花的香气。我觉得，以松子烹茶，是最不辜负这些生长在高山上历经冰雪的松子了。

"松子是小得不能再小的东西，但是有时候，极微小的东西也可以做情绪的大主宰。诗人在月夜的空山听到微不可辨的松子落声，会想起远方未眠的朋友。我们对月喝松子茶也可以说是独尝异味，尘俗为之解脱。我们一向在快乐的时候觉得日子太短，在忧烦的时候又觉得日子过得太长，完全是因为我们不能把握像松子一样存在我们生活四周的小东西。"朋友说。

朋友的话十分有理，使我想起人自命是世界的主宰，但是人并非这个世界唯一的主人。就以经常遍照的日月来说，太阳给了万物生机和力量，并不单给人们照耀；而在月光温柔的怀抱里，虫鸟鸣唱，不让人在月下独享。即使是一粒小小松子，也是吸取了日月精华而生，我们虽然能将它烹茶、下锅，但不表示我们比松子高贵。

佛眼和尚在禅宗的公案里，留下两句名言：

水自竹边流出冷，
风从花里过来香。

水和竹原是不相干的，可是因为水从竹子边流出来就显得格外清冷。花是香的，但花的香如果没有风从中穿过，就永远不能为人体知。可见，纵是简单的万物也要透过配合才生出不同的意义，何况是人和松子？

……

一些小小的泡在茶里的松子，一粒停泊在温柔海边的细沙，一声在夏夜里传来的微弱虫声，一点斜在遥远天际的星光……它全是无言的，但随着灵思的流转，就有了炫目的光彩。记得沈从文这样说过："凡是美的都没有家，流星，落花，萤火，最会鸣叫的蓝头红嘴绿翅膀的王母鸟，也都没有家的。谁见过人蓄养凤凰呢？谁能束缚着月光呢？一颗流星自有它来去的方向，我有我的去处。"

灵魂是一面随风招展的旗子，人永远不要忽视身边事物，因为它也许正可以飘动你心中的那面旗，即使是小如松子。

第二辑

一滴水
到海洋

假若说，人心的价值是一滴水，万物存在的价值是一片广大的海洋，唯有发现心里一滴水的人，才能体会海洋也是一滴水的汇集与映现。

姑婆叶随想

在三峡的山上散步，发现满山的姑婆叶，显得非常翠绿肥满，我便离开山间小路，步入草丛间姑婆树蔓生的林里，意外看见姑婆树一串一串艳红得要滴出水的种子。我随手摘取几串成熟的姑婆子，带回家来，种在一些空花盆里。

这几年来，我把顶楼的阳台整理成一个小小的花圃，但是我很少去花市里买花。有一些是从朋友家移种而来，有一些是从乡下山里采来的种子，特别是一些我幼年在乡间常见的花草。像我种了狗尾草、酢浆草、一些蕨类，甚至也种了几丛野芒草，都是别人欲除之而后快的野草。我有时也难以了解为什么自己当时会种这些草，有的还种在陶艺名家昂贵的花盆里。

奇怪的是，不管多么卑微的草，只要我们找一个好的花盆，有心去照料，它就会自然展出内在深处不为人见的美质。由于我们在种植时没有得失的心，使我们与花草都得到舒展与自在，蓦然回首，常看到一些惊人的美。

我有一些花草是用种子种的，像我种了好几盆黄的、白的、红的莲蕉花，是从故乡旗山中山公园采到的莲蕉花种子，撒在花盆中，就长得异乎寻常的茂盛。夏天的时候长到有一人高，春末时节，莲蕉大量结籽，我就把它送给喜欢的朋友。

我也种了几棵百香果，是在屏东时，朋友从园子里采下来送我的。我把它种在书房的窗下，两年下来，早就爬满了书房的窗户，藤蔓交缠，绵绵密密。夏夜时，感觉凉风就从里面生起，只可惜种在窗下的百香果不结果，可能是蜜蜂蝴蝶不能飞到的缘故。

还有几盆是紫丁香，说是紫丁香也不确实，因为有几株是粉红，几株是白。这丁香花夜间有一种乳香，是我最欢喜的香气。它在乡下叫作"煮饭花"，是随处可见、俗贱的花。我种的几盆，种子是在美浓一个朋友家鸡棚边采来的。他送我种子时还说："这从鸡屎里长出的紫丁香种子特别肥大，一定能开出很美丽的花。"

另外有两盆特别有纪念价值的野花。一盆是含羞草，那是前年清明返乡扫墓，在父亲坟上发现的。我们动手清除坟上的蔓草时，发现长了几株含羞草。正在拔除时，看到含羞草的荚果里有许多种子。我采了几个放在口袋，回来后就种了它。事隔一年，那含羞草开出许多粉红色的球状花朵，真是美极了。我每次浇水，看见含羞草敏感地合起掌心，就默默地思念着我的父亲，希望来世还能与他相会。

一盆是落地生根，那是去年有一次在阳明山的永明寺独坐到黄昏下山，路边有人在盖屋子，铲了一堆草在道旁，我眼尖看到一串铃铛般美丽的花也被铲倒，捡起来，发现它的茎叶零落，根茎断成三节，叶子五片。我全捡起来，埋种在花盆里。落地生根那强烈而奋进的生命真是难以思议，根茎与叶子全部存活，没有一块例外。有的叶子，一片就长成五六株，而且在今年株株都开花了，黄昏时分，好风一吹，仿佛许多串无声的风铃。

落地生根叫"钟仔花"，也叫"铃铛花"，都是很美的名字。我每次看到那一字排开的落地生根，就觉得人的生命力与创造力应该像它一样，即使在恶劣的环境中被铲成八节，节节都是完整的，里面都有一个优美的、风格宛然的自我。

我最得意的是在三峡山上采的姑婆树了。它的生命力与落地生根不相上下，而它成长的速度也极惊人。我总觉得自己对姑婆树有一种特别的感情，记得很小很小的时候，第一次听到大人说"姑婆叶"，就有一种永远不忘的惊奇。曾经问过许多大人，那长得像野芋头叶子的树为何叫"姑婆树"，没有一个人知道。

我有一位三姑妈，家里的后园就长了难以计算的姑婆树。她极擅长做粿食甜点，年节时做了很多，会叫表哥送一蒸笼来，笼盖掀起时的景象如今还深印在我的脑海：各种粿食整齐地放在或圆或方的姑婆叶上，虽被猛火蒸过，姑婆叶仍翠绿如在树上。三姑妈养了许多猪，每次杀猪会央人带猪肉来，猪肉在姑婆叶里扎得密实，外面用一条干草束成十字，真是好看极了。

有时我会这样想：那姑婆树会不会是特别为三姑妈而活在世上、而命名的呢？

从前乡下的姑婆叶用途很多，市场里的小贩都用它包东西，又卫生又美观，也不至于破坏环境，比起现在用塑胶袋要卫生科学得多。

乡下的孩子上厕所用不着纸，在通往茅坑的路上随手撕下一片姑婆叶，就是最便利的纸了。一直到我离开乡下的前几年，我们都是这样解决的。下雨天时也用不到伞，连茎折下的姑婆叶是天然好用的伞。夏天时的扇子，折半片姑婆叶也就是了。野外烤鸡、烤番薯，用姑婆叶包好埋在热土块里，有特别的清香……

早年的乡下市场，每天清晨都有住在山上的人割两担姑婆叶挑来买，往往不到一盏茶的工夫，就全卖完了。

有一次看五十年代的乡土电影，一位主妇去市场买猪肉，竟用红白塑胶袋提回家，就觉得导演未免太粗心了。当时台湾根本没有红白塑胶袋，如果用姑婆叶包着，稻草束好，气氛就好得多了。

不只是气氛，台湾人倘使还使用姑婆叶，环境也不会败坏到如今这个样子。

姑婆叶在时代里逐渐被遗忘了，正如许多土生在台湾乡间的花草，并不能留下什么，只留下一些温情的回忆。

我看着花盆里那日渐壮大的姑婆树，想到每个时代的一些特质，一些因缘与偶然。植物事实上是表达了一个人的某种心情，不管是姑婆叶、莲蕉花、煮饭花、钟仔花、含羞草，我都觉察到自己是一个平凡而念旧的人。我喜欢这些闲杂花草远胜过我对什么郁金香、姬百合、牡丹花的向往。它让我感觉到，自己一直走在乡间的小路，许多充满草香的景象犹未远去。

在姑婆树高大身影下，我种了一种在松山路天桥上捡到的植物，名叫"婴儿的眼泪"，想到许多宗教都说唯有心肠如赤子，才可以进天堂。小孩子纯真，没有偏见，没有知识，也不判断，他只有本然的样子。或者在小孩子清晰的眼中，我们会感觉那就像宇宙的某一株花、某一片叶子，他们的眼泪就是清晨叶片上的一滴露珠。

有情十二帖

前　生

前生，我们也是在这样的溪水畔道别的吧！

要不然，我从山径一路走来，心原是十分平静的，可是我看见这条溪时，心为什么如水波一样涌动起来？周围清冽的空气，使我感到一种不知何处流来的可惊的寒冷。

以溪水为镜，我努力地想知道，这条溪与我有着什么样的因缘？或者是，我如何在溪的此岸，看着你渐远的身影？或者是，同在一岸，你往下游走去，而我却溯源而上？

我什么都照映不出来，因为溪水太激动了。

这已是春天了呀！草正绿着，花正开着，阳光正暖，溪水为什么竟有清冷而空茫的感觉呢？

想是与久远的前生有着不可知的关系。

在春天的时候，临溪而立，特别能感觉到生命是一道溪流，不知从何流来，不知流向何处。

此刻的我，仿佛是，奔流的河溪中刚刚落下的，一片叶子。

流　转

在十字路口的古董店临窗的角落，我坐在一张太师椅上，立刻就站起来，因为那张椅子上还留着别人坐过的温度。

从小我就不习惯别人坐过的热椅子，宁可站着等那椅子冷了，才落座。尤其是古董椅子，据说这张椅子是清朝传下的，那美丽的雕花让我知道这不是平民的椅子，它的第一主人曾经是富有的人吧！

现在，那个富有的人，他的财富必然已经散尽了，他的身体一定也在时空中消亡了，留下这一组椅子，没有哭笑，在午后的阳光中静静的，几乎是睡着一般。

我在古董店转了一圈，好像与时空一起流转，唐朝的三彩马，明代的铜香炉，清朝的瓷器，民初的碗盘，有很多还完美如新。有一张八仙彩，新得还像某一个脸容贞静的妇女一针一针刺绣上去，针痕还在锦上，人却已经远去了，像空气，像轻轻的铜铃声。

在古董店，我们特别能感受时光的无情，以及生命的短暂，步出古董店时我觉得，即使在早春，也应珍惜正在流转的光阴。

山 雨

看着你微笑着，无声，在茫茫的雨雾中从山下走来，你撑着的花伞，在每一格石阶一朵一朵开上来，三月道旁的杜鹃与你的伞一样有艳红的颜色。在春雨的绵绵里，我的忧伤，像雨里的乱草缠绵在一起，忧伤的雨就下在我的眼中。

眼看你就要到山顶，却在坡道转弯处隐去了，隐去如山中的风景，静默。雨，也无声。

山顶的凉亭里，有人在下棋。因为棋力相当，两个人静静地对坐着，偶尔传来一声"将军"，也在林间转了又转，才会消失。

我看着满天的雨，感觉这阵雨永远也不会停。

你果然没有到山顶上，转过坡道又下山了，我看着你的背影往山下走去，转一道弯就消失了，消失成雨中的山，空茫的山。

山雨不停，我心中忧伤的雨也一如山雨。

这阵雨永远也不会停了！看着满天的雨，我这样想着。

突然听到凉亭里传来一声高扬的：将军！

—有情十二帖—

四　月

　　我最喜欢四月的阳光，四月的阳光不愠不火，透明温润有琉璃的质感。

　　四月的阳光，使每一朵花都是水晶雕成，在风里唱着希望之歌，歌声五色仿佛彩虹。

　　四月的阳光，使每一株草都是翡翠繁生，在土地写着明日之诗，诗章湛蓝一如海洋。

　　在四月的阳光中，我们把冬寒的灰衣褪去，肤触着遥远天际传来的温热，使我想起童年时代，赤身奔跑过四月的田野，阳光就像母亲温暖的怀抱，然后我们跳入还留着去年冬寒的溪里游水。

　　最后，我们带着全身琉璃的水珠躺在大石上，水一丝丝化入空中，我们就在溪边睡着了。

　　在四月的阳光中，草原、树林、溪流、石头都是净土，至少对无忧的孩子是这样的。

　　所以，不论什么宗教，都说我们应胸怀一如赤子，才能进入清净之地。

　　四月还是四月，温暖的阳光犹在，可叹的是我们都不再是赤子了。

石　狮

我们走过生命的原野时，要像狮子一样，步步雄健，一步留下一个脚印。

我们渡过生命河流之际，要像六牙香象，中流砥柱，截河而流，主宰自己生命的河流与方向。

我们行经生命的丛林小径，要像灰鹿之王，威严而柔和，雄壮而悲悯，使跟随我们的鹿群都能平安温饱。

这些都是佛经的譬喻，是要我们期许自己像狮子一样威猛，像香象一样壮大，像鹿王一样温和庄严。当我们想起这几种动物，真有如自己站在高山顶上，俯视着莽莽的林木与茫茫的草原，也有那样的气派。

狮子是文殊师利菩萨的坐骑，白象是普贤菩萨的坐骑，都是极有威势的护法，尤其狮子更是普遍，连民间一般寺庙都是由狮子来护法的。

今天路过一座寺庙，看到门前的石狮子有不同的表情，几乎是微笑着的，然后我想起每座寺庙前的狮子，虽是石头雕成，每只的表情都有细微的不同。

即使是石狮子，也是有心的，特别是在温馨的五月清晨的微风之中。

欢 喜

黄山谷有一天去拜访晦堂禅师，问禅师说："禅宗的奥义究竟是什么？"

晦堂禅师说："《论语》上说'二三子，以我为隐乎？吾无隐乎尔。'禅对你们也没有什么隐藏，这意思你懂吗？"

黄山谷说："我不懂。"

然后，两人都沉默了，一起在山路上散步，当时，木樨花正开放，香味满山。

晦堂问："你闻到香味了吗？"

"是，我闻到了！"黄山谷说。

"我像这木樨花香一样，没有隐瞒你呀！"禅师说。

黄山谷听了，像突然打开心眼一样开悟了。

是的，这世界从来没有对我们隐藏，我们的耳朵听见河流的声音，我们的眼睛看到一朵花开放，我们的鼻子闻到花香，我们的舌头可以品茶，我们的皮肤可以感受阳光……在每一寸的时光中都有欢喜，在每个地方都有禅悦。

我曾在一个开满凤凰花的城市住了三年，今天看到一棵凤凰花开，好像唱着歌一样，使我的眼耳鼻舌身意都洋溢着少年时代的欢喜。

院　子

农村里的秋天来得晚，但真正秋天来的时候都很写意的。

首先感觉到的是终于有黄昏的晚霞了，当河边的微风吹过，我们背着沉重的书包回家，站在家前院子往远山看去，太阳正好把半天染红；那云红得就像枫叶，仿佛一片一片就要落下来了。于是，我常常站在院子里就呆住了，一直到天边泼墨才惊醒过来。

然后，悬丝飘浮的、带着清冷的秋灯的、只照射自己的路的萤火虫，不知道是不是从河的对岸或树林深处来了，数目多得超乎想象，千盏万盏掠过院子，穿过弄堂，在草丛尖浮荡。有人说，萤火虫是点灯来找它前世的情缘，所以灯盏才会那么的凄清闪烁，动人肝肺。

最后，是大人们扇着扇子，坐在竹椅上清喉咙："古早、古早、古早……"说着他们的父亲、祖父一直传说不断忠孝节义的故事。听着这些故事，使我觉得秋天真是温柔，温柔中流着情义的血。我们听故事的那个院子，听说还是曾祖父用石块亲手铺成的。

秋天枫红的云，凄凉的萤火，用传说铺成的院子在闪烁，可惜现在不是秋天，也找不到那个院子了。

有　情

"花，到底是怎么样开起的呢？"有一天，孩子突然问我。

我被这突来的问题问住了，我说："是春天的关系吧。"

对我的答案，孩子并不满意，他说："可是，有的花是在夏天开，有的是在冬天开呀！"

我说："那么，你觉得花是怎样开起的呢？"

"花自己要开，就开了嘛！"孩子天真地笑着，"因为它的花苞太大，撑破了呀！"

说完孩子就跑走了。是呀！对于一朵花和对于宇宙一样，我们都充满了问号，因为我们不知它的力量与秩序是明确来自何处。

花的开放，是它自己的力量在因缘里的自然展现，它蓄积了自己的力量，使自己饱满，然后爆破，有如阳光在清晨穿破了乌云。

花开是一种有情，是一种内在生命的完成，这是多么亲切呀！使我想起，我们也应该蓄积、饱满、开放、永远追求自我的完成。

炉 香

有一天，一位老太太问赵州从谂禅师："怎样去极乐世界呢？"

赵州说："大家都去极乐世界吧！我只愿永远留在苦海。"

我读到这里，心弦震动，久久不能自已。

一个已经开悟的禅师，他不追求极乐，而希望自己留在与众生相同的地方，在苦海中生活，这是真实的伟大的慈悲。就好像在莲花池边，大家都赶来看莲花，经过时脚步杂乱，纸屑满地，而他只愿留下来打扫莲花池。

抬起头来，我看见案前的檀香炉，香烟袅袅，飘去不可知的远方，香气在室内盘绕不息。

这烟气是不是也飘往极乐世界呢？

可是如果没有香炉的承受，接受火炼，檀香的烟气也不可能飞到远方。

赵州正是要做那一个大香炉，用自己的燃烧之苦来点灯众生虔诚的极乐之向往。

我也愿做烧香的铜炉，而不要只做一缕香。

天　空

我和一位朋友去参观一处数有年代的古迹，我们走进一座亭子，坐下来休息，才发现亭子屋顶上许多繁复、细致、色彩艳丽的雕刻，是人称"藻井"的那种东西。

朋友说："古人为什么要把屋顶刻成这么复杂的样子？"

我说："是为了美感吧！"

朋友说不是这样的，因为人哪有那么多的时间整天抬头看屋顶呢！

"那么，是为了什么？"我感到疑惑。

"有钱人看见的天空是这个样子的呀！缤纷七彩、金银斑斓，与他们的珠宝箱一样。"这是我第一次听见的说法，眼中禁不住流出了问号，朋友补充说："至少，他们希望家里的天空是这样子，人的脑子塞满钱财就会觉得天空不应该只是蓝色，只有一种蓝色的天空，多无聊呀！"

朋友似笑非笑地看着藻井，又看着亭外的天空。

我也笑了。

当我们走出有藻井的凉亭时，感觉单纯的蓝天，是多么美！多么有气派！"水因有月方知静，天为无云始觉高。"我突然想起这两句诗。

如 水

曾经协助丰臣秀吉统一全日本的大将军黑田孝高，他善于用水作战，曾用水攻陷了久攻不下的高松城，因此在日本历史上有"如水"的别号，他曾写过《水五则》：

一、自己活动，并能推动别人的，是水。

二、经常探求自己的方向的，是水。

三、遇到障碍物时，能发挥百倍力量的，是水。

四、以自己的清洁洗净他人的污浊，有容清纳浊的宽大度量的，是水。

五、汪洋大海，能蒸发为云，变成雨、雪，或化而为雾，又或凝结成一面如晶莹明镜的冰，不论其变化如何，仍不失其本性的，也是水。

这《水五则》，也就是"水的五德"，是值得参究的。我们每天要用很多水，有没有想过水是什么？要怎样来做水的学习呢？

要学习水，我们要做能推动别人的、常探求自己方向的、以百倍力量通过障碍的、有容清纳浊度量的、永不失本性的人。

要学习水，先要如水一般无碍才行。

茶　味

我时常一个人坐着喝茶，同一泡茶，在第一泡时苦涩，第二泡甘香，第三泡浓沉，第四泡清冽，第五泡清淡，再好的茶，过了第五泡就失去味道了。

这泡茶的过程令我想起人生，青涩的年少，香醇的青春，沉重的中年，回香的壮年，以及愈走愈淡、逐渐失去人生之味的老年。

我也时常与人对饮，最好的对饮是什么话都不说，只是轻轻地品茶；次好的是三言两语，再次好的是五言八句，说着生活的近事；末好的是九嘴十舌，言不及义；最坏的是乱说一通，道别人是非。

与人对饮时常令我想起，生命的境界确是超越言语的，在有情的心灵中不需要说话，也可以互相印证。喝茶中有水深波静、流水喧喧、花红柳绿、众鸟喧哗、车水马龙种种境界。

我最喜欢的喝茶，是在寒风冷肃的冬季，夜深到众音沉默之际，独自在清静中品茗，一饮而净，两手握着已空的杯子，还感觉到茶在杯中的热度，热，迅速地传到心底。

　　有如人生苍凉历尽之后，中夜观心，看见，并且感觉，少年时沸腾的热血，仍在心口。

一滴水到海洋

一位弟子去追随一位得道的师父，过不了几天，他一有机会就去请教师父："什么是人生的价值？"师父总是不告诉他，他越发显得着急，一再地去求教。

有一天，师父被缠不过了，从房子里拿出一块石头，那石头看起来很大，也很美，师父说："你带这块石头到卖蔬菜的市场去卖，但是不要真的卖出去，只要试着卖，看看蔬菜市场的人可以出什么样的价钱。"

那个弟子真的带着石头到蔬菜市场去试卖，很多人围过来看，有的说："这么美的石头可以给孩子玩。"有的人说："这么大的石头当秤锤刚刚好。"于是纷纷给石头出价，从两元到十元不等。弟子带着石头回来见师父，说："在蔬菜市场，这个石头只能卖到十元的价钱。"

师父又说："现在你把这石头拿到黄金的市场去卖，但是不要真的卖出去，看看黄金市场的人可以出什么样的价钱。"

弟子照着吩咐去做了，当他从黄金市场回来的时候，很高兴地去向师父报告："在黄金市场，他们出的价钱很好，这石头可以卖到一千元。"

师父又说："现在，你把这石头拿到珠宝店去，还是不要卖出去，只要看看珠宝店的人可以出到什么样的价钱。"

弟子拿石头到珠宝店去卖时，他简直无法相信，因为第一个人就出价五千元，由于他不卖，珠宝店的人竟一直加价，最后加到几十万元。

弟子还是不肯卖，最后珠宝店的人说："只要你肯卖，任你开个价吧！"

弟子说："我只是奉师父之命来试这个石头的价钱，不管出多高的价，我的石头都是不卖的。"弟子离开珠宝店的时候，他心想黄金市场和珠宝店的人简直是疯狂，因为在他看来，一块石头能卖十元就够好了。

他回来向师父报告在珠宝店得到的开价，师父说："一块石头的价值，是由了解的深浅而定的，如果一个人没有够好的眼睛，所有的石头价值都不会超过十元，正像你在蔬菜市场遇到的那些人。你每天追着我问人生的价值，可是你的眼睛只停在蔬菜市场的层次，我给你一颗钻石，你也会认为只值十元。如果你成为珠宝商，认识真正的宝石，我给你的宝石才会成为无价。现在，你先不要向我要人生的宝石，先使你自己拥有珠宝商的眼睛，那时候你来找我，我就会教你人生的价值。"

这是苏菲修行者的故事，它有两个重要的寓意：一是想要追求人生更高的奥秘，一定要在心灵上有所准备，要养成慧眼，这样才能承受真正的"道的宝石"，如果没有慧眼，最好的钻石摆在眼前也与石头无异。

二是万事万物并没有绝对的价值，缘于了解的深浅而显示价值的高低，唯有心灵的提升才能坚持出一种绝对的价值，有绝对价值的人，吃饭喝茶中都有深奥的境界，因为人生的奥义并不在那相对与分别的世界，而在绝对的性灵中。

不久前，我去参观一个奇石的展览，就想到苏菲的这个故事。那所谓的奇石全不假人工的雕琢，而是捡拾自深山、溪流、海边，个个都有奇特的风姿，它们的定价从数千到数十万都有。如果不是收藏奇石的那个圈子里的人，很难理解为什么一个石头可以卖到几十万，但是听说有很多是非卖品，即使那个圈子里的人愿意花几十万买石头也买不到呀！

我们假设那些原在深山、海岸、溪畔的奇石，普通人根本就懒得去捡，那么发现而捡拾的人就可以说是慧眼独具

了。他们的慧眼是从对石头的爱与了解中产生的，当然也有人为了卖钱而捡石头。有一位奇石收藏家就告诉我："为了卖钱而捡石头的人，往往捡不到最好的石头。"

但是，不管是为爱而捡或为钱而捡，不管有什么样的定价，不管是在深山或在艺术馆的架上，一块石头的本质是不会改变的，在改变与波动的只是我们的眼睛，我们的心。

石头存在的本身就饱含了价值，不因慧眼或俗眼而改变。其实，万物的本身都有不可替代、无法定价、深刻无比的价值，此所以"森罗万象许峥嵘"，此所以"青青翠竹，尽是法身；郁郁黄花，无非般若"，此所以"溪声便是广长舌，山色岂非清净身"……

保持内心如宝石一样的品质，比起为宝石定各种价值要高明得多了。

从前，牛顿在苹果树下，被一粒苹果打中而发现地心引力。地心引力是多么伟大的发现，但是如果没有那粒适时落下的苹果，可能要晚几百年才会被发现，所以市场里一粒苹果仅值十块钱，可是一粒苹果也可以是地心引力的引信，也可以是无价的。

有一个这样的笑话：一个孩子读了牛顿发现地心引力的故事，就跑去坐在苹果树下，想自己说不定也可以发现什么大的道理。他坐在苹果树下胡思乱想，为什么苹果树这么高大，却长出这么小的苹果，而大西瓜却是相反地长在小小的西瓜藤上。小苹果长在大树上，大西瓜却长在小小的藤上，这里面一定有什么伟大的道理吧！

正在苦思的时候，一粒苹果啪一声落在他的头上，他突然欣喜若狂地发现了："还好是一粒苹果，如果是大西瓜落下来，我还会有头在吗？原来大西瓜长在地上是有道理的，至少落下的时候不会有人受伤。苹果长在大树上是很好的，西瓜长在地上也是很好的，万物的存在都有它的道理。"

事物的价值源自人心的价值，如果心的价值不被发现与确立，事物的价值也就得不到确立了。有一个朋友千里迢迢带回来大陆寺庙改建时拆下的砖送我，说是唐朝的砖，我左看右看地端详这块朋友口中"伟大，而有历史的砖"，却总是看不出它的殊异之处。我想，如果把这块砖放在忠孝东路人最多的地方，也不会有人捡拾，或者第二天就被清道夫丢进垃圾车里。这块毫不起眼、重达五公斤的砖块，以锦盒包装，抱在怀中，飞山越海到我的手上，只是因为在我们的心先确立了，才会发现它的价值呀！

在现代社会，真实的价值之所以隐没，就是人心隐没的结果。

　　假若说，人心的价值是一滴水，万物存在的价值是一片广大的海洋，唯有发现心里一滴水的人，才能体会海洋也是一滴水的汇集与映现。轻视一滴水，就是轻视整个海洋，而能品味一滴水，也就能品尝海洋的真味了。

拈花四品

不与时花竞

诵帚禅师有一首写菊的诗：

> 篱菊数茎随上下，
> 无心整理任他黄；
> 后先不与时花竞，
> 自吐霜中一段香。

读这首诗使人有自由与谦下之感，仿佛是读到了自己的心曲，不管这个世界如何对待我们，我只要吐出自己胸中的香气，也就够了。

在台湾乡下有时会看到野生的菊花，各种大小各种颜色的菊花，那也不是真正野生的，而是随意被插种在庭园的院

林清玄作品精选·少年版

子里，它们永远不会被剪枝或瓶插，只是自自然然地长大、开启，与凋零，但它们不失去傲霜的本色，在寒冷的冬季，它们总可以冲破封冻，自尊地开出自己的颜色。

有一次在澎湖的无人岛上，看见整个岛已被天人菊所侵占，那遍满的小菊即使在海风中也活得那么盎然，没有一丝怨意地兴高采烈，怪不得历史上那么多诗人画家看到菊花时都要感怀自己的身世，有时候，像野菊那样痛痛快快地活着竟也是一种奢求了。

"天人菊"，多么好的名字，是菊花中最尊贵的名字，但它是没有人要的开在角落的海风中的菊花。

最美的花往往和最美的人一样，很少人能看见、欣赏。

山野的春气

带孩子到土城和三峡中间的山中去，正好是春天。这是人迹稀少的山道，石阶上还留着昨夜留下的露水。在极静的山林中，仿佛能听见远处大汉溪的声音。

这时我们看见在林木底下有一些紫色的花，正张开花瓣呼吸着晨间流动的空气。那是酢浆草花，是这世界上最平凡的花，但开在山中的风姿自是不同，它比一般所见的要大三倍，而且颜色清丽，没有丝毫尘埃。最奇特的是它的草茎，

拈花四品

由于土地肥满，最短的茎约有一尺，最长的抽离地面竟达三尺多。

孩子看到酢浆花神奇的美大为惊叹，我们便离开小路走进山间去，摘取遍生在山野相思树下的草花，轻轻一拈，一株长长的酢浆花就被拉拔起来。

春天的酢浆花开得真是繁盛，我们很快就采满一大束酢浆花，回到家插在花瓶里，好像把一整座山的美丽与春天全带了回来。连孩子都说："从来没有看过这样美的花。"

来访的朋友也全部被酢浆花所惊艳，因为在我们的经验里几乎不能想象，一大束酢浆花之美可以冠绝一切花，这真是"乱头粗服，不掩国色"了。

酢浆花使我想起一位朋友的座右铭：在这个时代里，每个人都像百货公司的化妆品，你的定价能多高，你的价值就有多高。

紫蓝色之梦

在家乡附近有一个很优美的湖，湖水晶明清澈，在分散的几处，开着白色的莲花，我小时候时常在清晨雾露未退时跑去湖边看莲花。

有一天，不知从什么地方漂来一株矮小肥胖的植物，根、茎、叶子都是圆墩墩的，过不久再去看的时候，已经是几株结成一丛，家乡的老人说那是"布袋莲"，如果不立即清除，很快湖面就会被占满。

没想到在大家准备清除时，布袋莲竟开出一串串铃铛般的偏蓝带紫的花朵，我们都被那异样的美所震住了，那些布袋花有点像旅行中的异乡人，看不出它们有什么特殊，却带着谜样的异乡的风采。布袋莲以它美丽的花，保住了生命。

来自外地的布袋莲有着强烈繁衍的生命力，它们很快地占据整个湖面，到最后甚至丢石头到湖里都丢不进去，这时，已经没有人有能力清除它了。

当布袋莲全面开花时，仍然有慑人的美，如沉浸在紫蓝色的梦境，但大家都感到厌烦了，甚至期待着台风或大水把它冲走。

布袋莲带给我的启示是：美丽不可以嚣张，过度的美丽使人厌腻，如同百货公司的化妆品专柜一样。

马鞍藤与马蹄兰

马鞍藤是南部海边常见的植物，盛开的时候就像开大型运动会，比赛着似的，它的花介于牵牛花与番薯花之间，但比前两者花形更美、花朵更大，气势也更雄浑。

马鞍藤有着非常强盛的生命力，在海边的沙滩曝晒烈日、迎接海风，甚至灌溉海水都可以存活，有的根茎藏在沙中看起来已枯萎，第二年雨季来时，却又冒出芽来。

这又美又强盛的花，在海边，竟很少有人会欣赏。

另外，与马鞍藤背道而驰的是马蹄兰。马蹄兰的茎叶都很饱满，能开出纯白的仿若马蹄的花朵。它必须种在气温合适、多雨多水的田里，但又怕大风大雨，大雨一下会淋破它的花瓣，大风一吹又使它的肥茎摧折。

这两种花名有如兄弟的花，却表现了完全相反的特质，当然，因为这种特质也有了不同的命运。马鞍藤被看成是轻贱的花，顺着自然生长或凋落，绝没有人会采摘；马蹄兰则被看成是珍贵的被宝爱着，而它最大的用途是用在丧礼上，被看成是无常的象征。

人生，有时像马鞍藤与马蹄兰一样，会陷入两难之境，不过现代人的选择越来越少，很少人能选择马鞍藤的生活，只好做温室的马蹄兰。

蝴蝶兰

有一段时间，他热衷于养兰花，甚至在后院里亲手盖了一座竹棚种兰花。

他特别偏爱一株蝴蝶兰，因为它有着奇异的颜色，花瓣是鲜嫩的黄，花心是近乎黑色的紫。如果花是前世蝴蝶今生的魂魄，那一定是最美的黑翅黄裳凤蝶的魂。

那株蝴蝶兰一年只开花一次，一次只开一株花，美得让他在竹棚的花架下屏息凝视，生怕一呼吸就会使美丽惊动。

后来蝴蝶兰枯死了，使他毁弃了一整棚的兰花。

有一段时间，他在乡野里看到了野地中乱生的马樱丹、野百合、酢浆草花、紫茉莉、小蔷薇，他竟深深惊动。原来世上还有另一种美，可以让人大口地呼吸。它们只是活在大地上，不必在棚架里辛苦地供养。

几年以后，他完全忘记了曾经亲手种植的蝴蝶兰。

思想的天鹅

有时候我在想，人的思想究竟是像什么呢？有没有一种具象的事物可以来形容我们的思想？

偶尔，我觉得思想像彩色的蝴蝶，在盛开的花园中采蜜，但取其味，不损色香。而这蝴蝶不能在我们预设的花园中飞翔，它随风翻转，停在一些我们不能考察的花丛中，甚至让我们觉得，那蝴蝶停下来时有如一株花。

偶尔，我觉得思想犹如海洋，广度与深度都不可探测，在它涌动的时候，或者平缓如波浪，或者飞溅如海啸，或者反映蓝天与星光，只是，思想在某些时候会有莫名的力量，那像是渔汛或暖流、黑潮从不知的北方来到，那可能就是被称为"灵感"的东西。

偶尔，我觉得思想像是《诗经》中说的"鸢飞戾天，鱼跃于渊"的鸢或是鱼，上及飞鸟下至渊鱼，无不充满了生命

林清玄 作品精选·少年版

力，无不欢欣悦豫、德教明察。鸢鸟的眼睛是最锐利的，可以在一千米以上的高空，看见茂盛草原上奔跑的一只小鼠；鱼的眼睛则永远不闭，那是由于海中充满凶险，要随时改变位置。

不过，蝴蝶的翅力太弱，生命也太短暂；而海洋则过于博大，不能主宰；鸢呢？鸢太过强猛，欠缺温柔的品质；鱼则过于惊慌，因本能而生活。

如果愿意给思想一个形象，我愿自己的思想像天鹅一样。天鹅的古名叫"鹄"，是吉祥的鸟，是"燕雀安知鸿鹄之志"中的那种两翼张开有六尺长的大鸟，它生长于酷寒的北方，能顺着一定的轨迹，越过高山大河到达南方的温暖之地。它既善于飞翔，也善于游泳；它性情温和，而意态优雅；它善知合群，能互相守望；它颜色分明，非白即黑；它能安于环境，不致过分执着……天鹅有许多好的品性，它的耐力、毅力与气质，都是令人倾倒的。芭蕾舞剧《天鹅湖》中，对情感至死不渝的天鹅，不知道让多少人为之动容。

我愿意自己的思想浩大如天鹅之越过长空，在动荡迁徙的道路上，不失去温和与优雅的气质。更要紧的是，天鹅是易于驯养的，使我不至于被思想牵动，而能主引自己的思想，让它在水草丰美的湖滨自在优游。

—思想的天鹅—

据说，驯养天鹅有两个方法，一个是把天鹅的一边翅膀修剪，使它失去平衡不能飞，它就会安住于湖边。另一个方法是，把天鹅养在一个较小的池塘里，由于天鹅的起飞，必须先在水中滑翔一段路途，才能凌空而去，苦池塘太小，它滑翔的路程太短就不能起飞了。从前，欧洲的动物园用前一个方法驯养天鹅，后来觉得残忍，而且天鹅展翅的时候很丑陋，所以现在都用后面的方法。

驯养思想的天鹅似乎不必如此，而是确立一个水草丰美的湖泊作为天鹅的家乡，让它保持平衡的双翼（智慧与悲悯），也让它有广大的湖泊（清明的自性），然后就放心地让它展翅翱翔吧！只要我们知道天鹅是季候之鸟，不管它是否飞到万里之外，它在心灵中永远不会忘记自己的家乡，经过数万里时空，在千百劫里流浪，有一天，它就会飞回它的家乡。

传说从前科举时代有一段时间，凡是到京城应试的士子都要穿"鹄袍"，译成白话就是要穿"天鹅服"。执事的人只要看见穿白袍的人就会肃然起敬，因为那些穿着白衣的年轻孩子，将来会有许多位至公卿，是不可轻视的。佛教把居士称为"白衣"，称为"素"，也是这个意思。

思想的天鹅也像是身穿白袍的士子，纯洁、青春、充满了对将来的热望，在起飞的那一刻不能轻视，因为它会万里翱翔，主宰人的一生。

　　在我的清明之湖泊，有一只时常起飞的天鹅，我看它凌空而去，用敏锐的眼睛看着世界，心里充满对生命探索的无限热诚。我让那只天鹅起飞，心里一点也不操心，因为我知道，天鹅有一个家乡，它的远途旅行只是偶然的栖息，它总会飞回来，并以一种优雅温柔的姿势，在湖中降落。

白玉盅

　　在所有的蔬菜里，苦瓜是最美的。

　　苦瓜外表的美是难以形容的，它晶润透明，在阳光中，仿佛是白玉一般，连它长卵形的疣状突起，都长得那么细致，触摸起来清凉滑润，也是玉的感觉。所以我觉得最能代表苦瓜之美的，是清朝的玉器"白玉苦瓜"。"白玉苦瓜"是清朝写实性玉雕的代表之作，历来只看到它的雕工之细，写实之美。我觉得最动人的是雕这件作品的无名艺匠，他把"白玉"和"苦瓜"做一结合，确实是一个惊人的灵感。

　　比较起来，虽然"翠玉白菜"的声名远在"白玉苦瓜"之上，但是我认为苦瓜是比白菜更近于玉的质地，不论是视觉的、触觉的，还是感觉的。

　　苦瓜俗称"锦荔枝""癞葡萄"，"白玉苦瓜"表现了形相的美，但是我觉得它还不能完全表现苦瓜的内容以及苦瓜的

林清玄 作品精选·少年版

味觉。苦瓜切开也是美的，它的内部和种子是鲜红色，像是有生命流动的鲜血。有一次我把切开的苦瓜摆在白瓷的盘子里，红白相映，几乎是画笔所无法表达的。人站在苦瓜面前，尤其是夏天，心中就漫上一股凉意，那也只是一种感觉而已。

不管苦瓜有多么美丽，它还是用来吃的。如果没有吃过苦瓜，谁也没想到那么美的外表下有那么苦的心。我年幼的时候最怕吃苦瓜，因为老使我想起在灶角熬着的中药，总觉得好好的鲜美蔬菜不吃，为何一定要吃那么苦的瓜？偏偏家里就种着几株苦瓜，有时抗议无效，常被妈妈逼着苦着脸吃苦瓜，说是苦瓜可以退火，其实是因为家中的苦瓜生产过剩。

嗜吃苦瓜还是这几年的事，也许是年纪大了，经历的苦事一多，苦瓜也不以为苦了。也许是苦瓜的美，让我在吃的时候忘却了它的苦。我想最主要的原因，应该是我发现苦瓜的苦不是涩苦，不是俗苦，而是在苦中自有一种甘味，好像人到中年怀想起少年时代惆怅的往事，苦乐相杂，难以析辨。

苦瓜有很多种吃法，我最喜欢的一种是江浙馆子里的"苦瓜生吃"：把苦瓜切成透明的薄片，蘸着酱油、醋和蒜末调成的酱。很奇怪，苦瓜生吃起来是不苦的，而是又香又脆。在满桌的油腻中，它独树一帜，没有一道菜比得上。有一回和画家王蓝一起进餐，他也最嗜苦瓜，一个人可以吃下一大盘，看他吃苦瓜，就像吃糖，一点也不苦。

有一家江浙馆里别出心裁，把这道菜叫作"白玉生吃"，让人想起白玉含在口中的滋味，吃在口里自然想起台北故宫的"白玉苦瓜"，里面充满了美丽的联想。

画家席德进生前也爱吃苦瓜，不但懂吃，自己还能下厨。他最拿手的一道菜是苦瓜灌肉，每次请客都亲自做这道菜。上市场挑选最好的苦瓜，还有上好的腱子肉，把肉细心地捣碎以后，塞在挖空的苦瓜里，要塞到饱满结实，或蒸或煮，别有风味。一次，画家请客，我看到他在厨房里剁肉，小心翼翼塞到苦瓜中去。吃苦瓜灌肉时，真觉得人生的享受无过于此。我们开玩笑地把画家的拿手菜取名为"白玉盅"。如今画家去了，他拿手的白玉盅也随他去了，我好几次吃这道菜，总品不出过去的那种滋味。

苦瓜真是一种奇异的蔬菜，它是最美的和最苦的结合，这种结合恐怕是造物者"美丽的错误"。以前有一种酸酸甜甜的饮料，广告词是"初恋的滋味"。我觉得苦瓜可以说是"失恋的滋味"，恋是美的，失是苦的，可是有恋就有失，有美就有苦。如果一个人不能尝苦，那么也就不能体会到那苦中的美。

　　我们都是吃过苦瓜的，却少有人看过苦瓜树。去年我在南部，看到一大片苦瓜田里长出累累的苦瓜，农民正在收采，他们把包着苦瓜的纸解开，采摘下来，就像在树上取下一颗颗的白玉。我站在田边，看着挑篮中满满的苦瓜，心中突然感动不已。我想，苦瓜生命里真正的美，是远远比故宫橱窗里的苦瓜还令人感动的。

　　我买了一个刚从田里采下的苦瓜，摆在家里，舍不得吃。放置几天以后，苦瓜枯萎了，失去了它白玉般的晶亮与透明，吃起来也丝毫不苦，风味尽失。这使我想起人世间的许多事，美与苦是并生的，人不能只要美而不要苦。苦瓜不能说是美丽的错误，它是人生真实的一个小影。

银合欢

　　台湾南部的山区里有一种终年都盛开着花的植物，它的花长得真像一个个绒线球，花色大部分是鹅黄色，也有少数变种的，可以开出白色或粉红色的花来。它有一个非常好听的名字，叫作"银合欢"。

　　在种满银合欢的山坡上，远远望去，仿佛遍地长满小小的绣球。最美的时候是晴天的黄昏，稍微有些晚风，阳光轻浅地穿透银合欢质地温柔的花蕊，微风摇曳，竟让人感觉山上的银合欢是至美的花，不像是长在山地野田间的灌木丛。

　　萎谢的银合欢花会从花茎中生出长长的荚果，先是柔软的绿色，很快地成熟为褐黑色，最后爆开，细小的种子随风飘落各处，第二年又长出一丛丛的银合欢。它们的生命力繁盛而惊人，如果坡地上有一丛银合欢，没有多久，它们就盘踞了整个山坡。

由于它的生命力那样强盛，在乡人的眼中是卑贱的，从来没有人认为银合欢美丽。它的用处很简单：被用来生火。因为它的枝干中间有细软的棉状组织，很容易点起火来，连它干掉的荚果，只要放一把小火，便会熊熊燃烧。

在我们乡下，银合欢一直是烧火最好的材料，而且取用不绝。尤其在贫瘠的土地上，农人通常撒下银合欢的种子，到冬天的时候把遍生的银合欢放火烧掉，它的灰烬很快成为土壤最好的肥料，隔年春天，就可以在那里种花生、番薯等容易生长的作物。

童年的时候，我对银合欢有说不出的好感，这种好感不只来自花的美丽，还有它的羽状叶子能编成非常好看的冠冕。它的枝丫又常常成为我们手中的剑，也是我们在荒野烤番薯最好的木材。

因此我曾仔细观察银合欢的生长，每天跑到我家附近的银合欢丛中，用铅笔在根的最底部画下记号，第二天再跑去看。这样我就能真切地感觉到银合欢迅速地自土中拔起，甚至比春天最好的稻禾长得还要快。平常时候，银合欢一个月大概可以长一尺高。如果在夏天的雨季，或者是那些长在河岸边的银合欢，它们一个月可以长两尺高。常常一个暑假过去，本来刚发芽的银合欢就长得和我一样高了。

银合欢

我一直不能理解，为何长在石头地里、完全没有人照看的银合欢，竟能和时间竞赛似的，奇异地长高。

　　那时我们家有一个林场，父亲在较低的山坡上种了桃花心木，较高的地方则种南洋杉。它们对时间好像都没有感觉，有时一个月也看不到它们长一英寸。桃花心木要十年才能收成，南洋杉则要等十五年。

　　有一次我问父亲，为什么不在山上都种银合欢呢？它们长得最快。

　　在林地工作的父亲笑了起来，他说："银合欢长得那么快，可是它不能做家具，甚至不能做木炭。你看这些南洋杉，它长得慢，但是结实，将来是有用的木材。"

　　"可是，银合欢也可以做柴火，还能做肥料呀！"我说。

　　"傻孩子，任何木头都能做柴火，也都能做肥料，却不是任何木头都能做家具的。"

　　虽然银合欢在乡人的眼中是那么无用，连父亲都看不起它，我还是打私心里喜欢它，因为它低矮，不像桃花心木崇高；它亲切，不像南洋杉严肃。何况，它在风里是那么好看。

　　最近读到一篇报告，知道有科学家发现银合欢生长的快速，拿它作为肥料实验。他们在种满银合欢的坡地上空中施肥，记录它的成长，和那些未施肥的银合欢比较，来验证肥料的效果。同样的，也有一部分科学家拿它来做除草剂的试验，利用它生命力的强盛，来观察除草剂的效果。这些实验都证明，银合欢是最适合用来试验的植物，就像卑微的老鼠常常成为动物解剖与试食各种毒物的祭品。

这使我对银合欢又生出一些敬意来，它虽不能是崇高巨大的木材，但说到底，它有许多别的木材所没有的用处。如同乡里间的小人物，他们不能成为领导者，却各自在岗位上发挥了大人物所不能体知的功能。而且我相信，不论我们如何在银合欢的身上实验，如何在小老鼠的身上解剖，它们都不会灭绝，因为上苍给了它们特别的生命力。

我想到我在金门时候的一件旧事。在金门古宁头的海边上，就生长了无数的银合欢，在阳光下盛开着花。我从古宁头的望远镜中看大陆沿岸，发现镜中的海岸也盛长着银合欢，也开了花。那幅图像深深地印在我的脑海，隔了几年也不能忘却，每在乡间山里看到银合欢，那幅图像就浮现出来。

因为那时与银合欢隔海对望，有着浓浓的乡愁，那乡愁的生长力和银合欢一样，一月一尺，隔了一个春天，它就长得和人同样高了。我只是不知道，是此岸的种子落到彼岸，还是彼岸的种子被吹送到此岸呢？生长在海峡两岸的银合欢有什么不同呢？

河的感觉

1

秋天的河畔，菅芒花开始飞扬了，每当风来的时候，它们就唱一种洁白之歌，芒花的歌虽是静默的，在视觉里却非常喧闹，有时会见到一株完全成熟的种子，突然爆起，向八方飞去，那时就好像听见一阵高音，哗然。

与白色的歌相应和的，还有牵牛花的紫色之歌，牵牛花瓣的感觉是那样柔软，似乎吹弹得破，但没有一朵牵牛花被秋风吹破。

这牵牛花整株都是柔软的，与芒花的柔软互相配合，给我们的感觉是，虽然大地已经逐渐冷肃了，山河仍是如此清朗，特别是有阳光的秋天清晨，柔情而温暖。

在河的两岸，被刷洗得几乎仅剩砾石的河滩，虽然有各种植物，却以芒花和牵牛花争吵得最厉害，它们都以无限的谦卑匍匐前进。偶尔会见到几株还开着绒黄色碎花的相思树，它们的根在沙石上暴露，有如强悍的爪子抓入土层的深处，比起牵牛花，相思树高大得像巨人一样，抗衡着沿河流下来的冷。

河，则十分沉静，秋日的河水浅浅地、清澈地在卵石中穿梭，有时流到较深的洞，仿佛平静如湖。

我喜欢秋天的时候到砾石堆中捡石头，因为夏日在河岸嬉游的人群已经完全隐去，河水的安静使四周的景物历历。

河岸的卵石，实在有一种难以言喻之美。它们长久在河里接受刷洗，比较软弱的石头已经化成泥水往下游流去，坚硬者则完全洗净外表的杂质，在河里的感觉就像宝石一样。被匠心磨去了棱角的卵石，在深层结构里的纹理，就会像珍珠一样显露出来。

我溯河而上，把捡到的卵石放在河边有如基座的巨石上接受秋日阳光的曝晒，准备回来的时候带回家。

连我自己都不能确知，为什么那样地爱捡石头，这里面一定有什么原因还没有被探触到。有时我在捡石头突然遇到陌生者，会令我觉得羞怯，他们总是用质疑的眼光看着我这异于常人的举动。或者当我把石头捡回，在庭院前品察，并为之分类的时候，熟识的乡人也会以一种似笑非笑的眼光看我。一个人到了三十六岁还有点像孩子似的捡石头，连我自己也感到迷思。

那不纯粹是为了美感，因为有一些我喜爱的石头经不起任何美丽的分析，只是当我在河里看到它时，它好像漂浮在河面，与别的石头都不同。那感觉好像走在人群中突然看见一双仿佛熟识的眼睛，互相闪动了一下。

我不只捡乡间河畔的石头，在国外旅行时，如果遇到一条河，我总会捡几粒石头回来做纪念。例如有一年我在尼罗河捡了一袋石头回来摆在案前，有人问起，我总说："这是尼罗河捡来的石头。"那人把石头来回搓揉，然后说："尼罗河的石头也没有什么嘛！"

石头捡回来，我很少另做处理，只有一次是例外。我在垦丁海岸捡到几粒硕大的珊瑚礁石，看出它原是白色的，却蒙上灰色的风尘，我就用漂白水泡了三天三夜，使它洁白得像在海底看见的一样。

还有一些是我在沙仑淡水河口捡到的石头，是纯黑的，隐在长着虎苔的大石缝中。同样是这岛上的石头，有的纯白，有的玄黑，一想到，就觉得生命颇有迷离之感。

我并不像一般的捡石者，他们只对石头里浮出的影像有兴趣，例如石上正好有一朵菊花、一只老鼠，或一条蛇。我的石头是没有影像的，它们只是记载了一条河的某些感觉，以及我和那条河相会面的刹那。但偶尔我的石头会出现一些像云、像花、像水的纹理，那只是一种巧合，让我感觉到石头在某个层次上是很柔软的。这种坚强中的柔软之感，使我坚信，在最刚强的人心中，我们必然也可看见一些柔软的纹理，里面有着感性与想象，或者梦一样的东西。

在我的书桌上、架子上，甚至地板上到处都堆着石头，有时在黑夜开灯，觉得自己正在河的某一处激流里，接受生命的冲刷。

那样的感觉好像走在人群中突然看见一双仿佛熟识的眼睛，互相闪动了一下。

2

走在人群中看见熟识的眼睛，互相的闪动，常常让我有河的感觉。

在最繁华的忠孝东路，如果我回来居住在台北的时候，我会沿着永吉路、基隆路，散步到忠孝东路去。我喜欢在人群里东张西望，或者坐在有玻璃大窗的咖啡店旁边，看着流动如河的人群。虽然人是那样拥挤，却反而给我一种特别的宁静之感，好像秋日的河岸。

在人群的静观，使我不至于在枯木寒灰的隐居生活中沦入空茫的状态。我知道了人心的喧闹，人间的匆忙，以及人是多么渺小有如河里的一粒卵石。

我是多么喜欢观察人间的活动，并且在波动的混乱中找寻一些美好的事物，或者说找寻一些动人的眼睛。人的眼睛是五官中最会说话的，它无时无刻不在表达着比嘴巴还要丰富的语言，婴儿的眼睛纯净，儿童的眼睛好奇，青年的眼睛有叛逆之色，情侣的眼睛充满了柔情，主妇的眼睛充满了分析与评判，中年人的眼睛沉稳浓重，老年人的眼睛，则有历经沧桑后的一种苍茫。

如果说我是在杂沓的城市中看人，还不如说我在寻找着人的眼睛，这也是超越了美感的赏析的态度。我不太会在意人们穿什么衣裳，或者在意现在流行什么，或者什么人是美的或丑的，回到家里，浮现在我眼前的，总是人间的许许多多眼神。这些眼神，记载了一条人的河流的某些感觉，以及我和他们相会时的刹那。

有时，见到两个人在街头偶然相遇，在还没有开口说话之前，他们的眼神就已经先惊呼出声，而在打完招呼错身而过时，我看见了眼里的轻微的叹息。

我们要了解人间，应该先看清众生的眼睛。

有一次，在统领百货公司的门口，我看到一位年老的婆婆带着一位稚嫩的孩子，坐在冰凉的磨石地板上乞讨，老婆婆俯低着头，看着眼前的一个装满零钱的脸盆，小孩则仰起头来，有一对黑白分明的眼睛，滴溜溜转着，看着从前面川流过的人群。那脸盆前有一张纸板，写着双目失明的老婆婆家里沉痛的灾变，她是如何悲苦地抚育着唯一的孙子。

我坐在咖啡厅临窗的位置，却看到好几次，每当有人丢下整张的钞票，老婆婆会不期然地伸出手把钞票抓起，匆忙地塞进黑色的袍子里。

乞讨的行为并不令我心碎，只是让我悲悯，当她把钞票抓起来的那一刹那，才令我真正心碎了。好眼睛的人不能抬眼看世界，却要装成失明者来谋取生存，更让人觉得眼睛是多么重要。

这世界有许多好眼睛的人，却用心把自己的眼睛蒙蔽起来。周围的店招上写着"深情推荐""折扣热卖""跳楼价""最心动的三折"等等，无不是在蒙蔽我们的眼睛，让我们心的贪婪伸出手来，想要占取这个世界的便宜，就好像卵石相碰的水花，这世界的便宜岂是如此容易就被我们侵占的？

人的河流里有很多让人无奈的事相，这些事相益发令人感到生命之悲苦。

有一个问卷调查报告，青少年十大喜爱的活动，排在第一位的竟是"逛街"，接下来是"看电影""游泳"。其实，这都是河流的事，让我看见了，整个城市这样流过来又流过去，每个人在这条河流里游泳，每个人扮演自己的电影，在过程中茫然地活动，并且等待结局。

最好看的电影，结局总是悲哀的，但那悲哀不是流泪或者号啕，只是无奈，加上一些些茫然。

有一个人说，城市人擦破手，感觉上比乡下人擦破手，还要痛得多。那是因为，城市里难得有破皮流血的机会，为什么呢？因为人人都已是一粒粒的卵石，足够的圆滑，并且知道如何来避免伤害。

可叹息的是，如果伤害是来自别人、来自世界，总可以找到解决的方法，但城市人的伤害往往来自无法给自己定位，伤害到后来就成为人情的无感，所以，有人在街边乞讨，甚至要伪装盲者才能唤起一丁点的同情，带给人的心动，还不如"心动的三折"。

这往往让人想到溪河的卵石，卵石由于长久的推挤，它只能互相地碰撞，但河岸的风景、水的流速、季节的变化，永远不是卵石关心的主题。

因此，城市里永远没有阴晴与春秋，冬日的雨季，人还是一样渴切地在街头流动。

你流过来，我流过去，我们在红灯的地方稍作停留，步过人行道，在下一个绿灯分手。

"你是哪里来的？"

"你将要往哪里去？"

没有人问你，你也不必回答。

你只要流着就是了，总有一天，会在某个河岸搁浅。

没有人关心你的心事，因为河水是如此湍急，这是人生最大的悲情。

3

河水是如此湍急，这是人生最大的悲情。

我很喜欢坐船。如果有火车可达的地方，我就不坐飞机，如果有船可坐，我就不搭火车。那是由于船行的速度，慢一些，让我的心可以沉潜；如果是在海上，船的视界好一些，使我感到辽阔；最要紧的是，船的噗噗的马达声与我的心脏合鸣，让我觉得那船是由于我心脏的跳动才开航的。

所以在一开航的刹那，就自己叹息：呀！还能活着，真好！

通常我喜欢选择站在船尾的地方，在船行过处，它掀起的波浪往往形成一条白线，鱼会往波浪翻涌的地方游来，而海鸥总是逐波飞翔。

船后的波浪不会停留太久，很快就会平复了，这就是"船过水无痕"，可是在波浪平复的当时，在我们的视觉里它好像并未立刻消失，总还会盘旋一阵，有如苍鹰盘飞的轨迹，如果看一只鹰飞翔久了，等它遁去的时刻，感觉也还在那里绕个不停，其实，空中什么也不见了，水面上什么也不见了。

我的沉思总会在波浪彻底消失时沦陷，这使我感到一种悲怀。人生的际遇事实上与船过的波浪一样，它必然是会消失的，可是它并不是没有，而是时空轮替自然的悲哀。如果老是看着船尾，生命的悲怀是不可免的。

那么让我们到船头去吧！看船如何把海水分割为二，如何以勇猛的香象截河之势，载我们通往人生的彼岸。一艘坚固的船是由很多的钢板千锤百炼铸成，由许多深通水性的人驾驶，这里面就充满了承担之美。

让我也能那样勇敢地破浪，承担，向某一个未知的彼岸航去。

这样想时，就好像见到一株完全成熟的芒花，突然爆起，向八方飞去，使我听见一阵洁白的高音，唱哗然的歌。

忘情花的滋味

院子里的昙花突然间开了，一共十八朵。

夜里，我打开院子里的灯，坐在幽暗的室内望向窗外，乳白色的昙花在灯下有一种难言的姿色，每一朵都是一幅春天的风景。

昙花是不能近看的，它适合远观。近看的昙花只是昙花，一种炫目的美丽。远观的昙花就不同了，它像是池里的睡莲在夜间醒来，一步一步走到人们的前庭后院，爬到昙花枝上，弯下腰，吐露出白色的芬芳。

第二天清晨，昙花全谢了，垂着低低的头。

我和妻子商量着，用什么方法吃那些凋谢的昙花。我说，昙花炒猪肉是最鲜美的一道菜，是我小时候常吃的。妻子说，昙花属于涅槃科，是吃斋的，不能与猪肉同炒，应该熬冰糖，可以生津止咳，可以叫人宠辱皆忘。

后来我们把昙花熬了冰糖，在春天的夜里喝昙花茶特别有一种清香的滋味，喝进喉里，它的香气仿佛是来自天的远方，比起阳明山白云山庄的兰花茶毫不逊色。如果兰花是王者之香，昙花就是禅者之香，允满了遥远、幽渺、神秘的气味。

果然，妻子说昙花的另一个名字叫"忘情花"，忘情就是"寂焉不动情，若遗忘之者"，也即《晋书》中说的"圣人忘情"。

在缤纷灿烂的花世界里，"忘情花"不知是哪一位高人命名的，但他为昙花的一生下了一个批注。昙花好像是一个隐者，举世滔滔中，昙花固守了自己的情，将一生的精华在一夜间吐放。它美得那么鲜明，那么短暂。因为鲜明，所以动人；因为短暂，才叫人难忘。当它死了之后，我们喝着用它煎熬成的昙花茶，对昙花，它是忘情了，对我们，却把昙花遗忘的情喝进腹中，在腹中慢慢地酝酿。

喝昙花茶使我想起童年时代吃昙花的几种滋味。

小时候，家后院种了一片昙花，因为妈妈是爱看昙花的，而爸爸却是爱吃昙花的。据爸爸说，最好吃的昙花是在它盛开的时候，又香又脆。可是妈妈不许，她不准任何人在昙花盛放时吃昙花。因此，春天昙花开成一片白的时候，我们也只好在旁边坐守，看它仰起的头垂下才敢吃它。

爸爸吃昙花有好几种方法。

第一种方法是"昙花炒猪肉"，把切成细丝的昙花和肉丝丢进锅中，烈火一炒，就是一道令人垂涎的好菜。在这一道菜里，昙花的滋味像是雨后笋园中冒出来的香蕈，滑润、清淡，入口即不能忘。

第二种方法是"昙花炖鸡"，将整朵的昙花一一洗净，和鸡块同炖，放一点姜丝。这一道菜中，昙花的滋味有一点像香菇，汤是清的，捞起来的昙花还像活的一般。

第三种方法是"炸昙花饼"，把糖、面粉和鸡蛋打匀，把昙花粘满，放到油锅中炸成金黄色即可食。这一道菜中，昙花香脆达于极致，任何饼都无法比拟。

童年时在爸爸的调教下，我们每个兄弟几乎都成了"食花的怪客"。我们吃过的还不只是昙花，我们也吃过朱槿花、栀子花、银莲花、红睡莲、野姜花，以及百合花，我们还吃过寒芒花的嫩芽、鸡冠花的叶子、满天星的茎，以及水笔仔的幼根，每种花都有不同的滋味。那时候年纪小，不知道"怜香惜玉"这一套，如今想起那些花魂，心中总是有一种罪过的感觉。

然而，食花真是有罪的吗？食了昙花真能忘情吗？

有一次读《本草纲目》，知道古人也食花，古人也食草。《本草纲目》中谈到萱草时，引了李九华的《延寿书》说：

"嫩苗为蔬，食之动风，令人昏然如醉，因名忘忧。"如果萱草的"忘忧草"的名是因此而起，我倒愿为昙花是"忘情花"下一批注："美花为蔬，食之忘情，令人淡然超脱，因名忘情。"

"忘情花"的滋味是宜于联想的。在我们的情感世界里，"忘情"几乎是不可能的境界，因为有爱就有纠结，有情就有牵缠。如何在纠结与牵缠中能拔出身来，走向空旷不凡的天地？那就要像"忘情花"一样，在短暂的时间里开得美丽，等凋萎了以后，把那些纠结与牵缠的情经过煎、炒、煮、炸的锻炼，然后一口一口吞入腹里，并将它埋到心底最深处，等到另一个开放的时刻。

每个人的情感都是有盛衰的，就像昙花，即使忘情，也有兴谢。我们不是圣人，不能忘情，再好的歌者也有恍惚而失曲的时候，再好的舞者也有乱节而忘形的时刻。我们是小小的凡人，不能有"爱到忘情近佛心"的境界，但是我们可以"藏情"，把完成过、失败过的情爱像一幅卷轴一样卷起来，放在心灵的角落里，让它沉潜，让它褪色。在岁月的足迹走过后打开来，看自己在卷轴空白处的落款，以及还鲜明如昔的刻印。

我们落过款、烙过印，我们惜过玉、怜过香，这就够了。忘情又如何？无情又如何？

第三辑

生命的化妆

这个世界一切的表相都不是独立自存的，一定有它深刻的内在意义，那么，改变表相最好的方法，不是在表相下功夫，一定要从内在里改革。

快乐真平等

有一个社团来请我演讲，令我感到意外的是，这社团参加的人至少都拥有上亿的财富。

我从来没有为这么有身价的人演讲过，便询问来联络的人："这些有财富的人要知道什么呢？"

"因为他们拥有太多的财富，有一些人已经失去快乐的能力！"

"怎么会呢？有钱不是很好的事吗？"我感到疑惑，可能是我从未想象有那么多财富，因而无从理解。

"会呀！一般人如果多赚一万元会快乐，对有十亿财产的人，多赚一百万也不及那样快乐。有钱人吃也不快乐，因为什么都吃过了，不觉得有什么特别好吃。穿也不快乐，买昂贵衣服太简单，不觉得穿新衣值得惊喜。甚至买汽车、买房子、买古董都是举手之劳，也没有喜乐了。钱到最后只是一串数字，已经引不起任何的心跳了。"

不只如此，这位有钱人的秘书表示，富有的人由于长时间的养尊处优，吃过于精致的食物，缺乏体力劳动，健康普遍都亮起黄灯和红灯，高血压、心脏病、糖尿病者比比皆是。

他说："林先生，到底有什么方法可以让有钱的人也得到快乐，拥有健康的身心呢？"

这倒使我困惑了，这世界上似乎有许多的药方，以及祖传的秘方，却没有一种是来治愈不快乐的。如果有人发明了这种秘方，他可能很快变成富有的人，连自己都会因财富而失去快乐的能力了。

我时常觉得，这世界在最究竟的根源一定是非常公平的，这不只是由于因果观点，而是一个人在一生中所能享有的福气有限，一旦在某方面有所得，在另一方面必然会有所失。虽然一个人也可能又有财富，又有权势，又有名声，又有健康，又有娇妻美眷，又能快乐无忧，但这种人是千万人中也难有一个，大部分人都是站在跷跷板上，一边上来，另一边就下去了。

对于富人的问题，宋代林逋在《省心录》中说："安乐有致死之道，忧患为养生之本。"又说："心可逸，形不可不劳；道可乐，身不可不忧。"意思是在生活上适度地欠缺，其

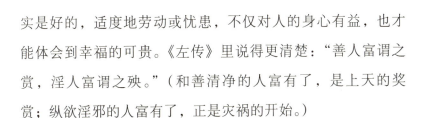

实是好的，适度地劳动或忧患，不仅对人的身心有益，也才能体会到幸福的可贵。《左传》里说得更清楚："善人富谓之赏，淫人富谓之殃。"（和善清净的人富有了，是上天的奖赏；纵欲淫邪的人富有了，正是灾祸的开始。）

清朝的魏源在《默觚》中说："不幸福，斯无祸；不患得，斯无失；不求荣，斯无辱；不干誉，斯无毁。"对得失与代价的关系说得真好。生活的喜乐也是如此，想想幼年时代物质缺乏严重，不管吃什么都好吃，穿什么新衣都开心，换了一床新棉被可以连续做一个月的好梦——事实上，在最欠缺的时候，一丝丝小小的得，也就有无限的幸福；什么都不缺的时候，却是幸福薄似纱翼的时候呀！

我很喜欢李商隐的两句诗："欲就麻姑买沧海，一杯春露冷如冰。"（我想从麻姑仙子那里把沧海买下来，没想到她的沧海只剩下一杯冰冷的春露。）我们在人生历程的追求不也如此吗？财富、名位都只是一杯冰冷的春露！

但富人不是不能快乐，只要回到平凡的生活，不被财富遮蔽眼睛，开展出人的真价值，多劳作、多流汗；培养智慧和胸怀，不失去真爱与热情，则人生犹大有可为，因为比财富珍贵的事物多得是。

如果埋身于财富，不能解脱，那么"末大必折，尾大不掉"（树枝末梢太粗大，树干一定折断；动物的尾巴太大了，就不能自由地摇动了。语出《左传》）。如何能有快乐之日？心里不自由，身体自然难以健康了。

不过，我对富者的建议，可能是不切实际的，因为我不是富人，无从知悉他们的烦恼。

假如富人也还是人，我的意见就会有用了。站在人本的立场，这世间的快乐和痛苦还真平等呢！

生命的化妆

我认识一位化妆师，她是真正懂得化妆，而又以化妆闻名的。

这生活在与我完全不同领域的人，使我增添了几分好奇，因为在我的印象里，化妆再有学问，也只是在皮相上用功，实在不是有智慧的人所应追求的。

因此，我忍不住问她："你研究化妆这么多年，到底什么样的人才算会化妆？化妆的最高境界到底是什么?"

对于这样的问题，这位年华已逐渐老去的化妆师露出一个深深的微笑，她说："化妆的最高境界可以用两个字形容，就是'自然'。最高明的化妆术，是经过非常考究的化妆，让人家看起来好像没有化过妆一样，并且这化出来的妆与主人的身份匹配，能自然表现那个人的个性与气质。次级的化妆是把人突显出来，让她醒目，引起众人的注意。拙劣的化妆

生命的化妆

是一站出来别人就发现她化了很浓的妆，而这层妆是为了掩盖自己的缺点或年龄的。最坏的一种化妆，是化过妆以后扭曲了自己的个性，又失去了五官的谐调，例如小眼睛的人竟化了浓眉，大脸蛋的人竟化了白脸，阔嘴的人竟化了红唇……"

没想到，化妆的最高境界竟是无妆，竟是自然，这可使我刮目相看了。

化妆师看我听得出神，继续说："这不就像你们写文章一样？拙劣的文章常常是词句的堆砌，扭曲了作者的个性。好一点的文章是光芒四射，吸引了人的视线，但别人知道你是在写文章。最好的文章，是作家自然的流露，他不堆砌，读的时候不觉得是在读文章，而是在读一个生命。"

多么有智慧的人呀！可是，"到底做化妆的人只是在表皮上做功夫呀！"我感叹地说。

"不对的，"化妆师说，"化妆只是最末的一个枝节，它能改变的事实很少。深一层的化妆是改变体质，让一个人改变生活方式、睡眠充足、注意运动与营养，这样她的皮肤改善、精神充足，比化妆有效得多。再深一层的化妆是改变气质，多读书、多欣赏艺术、多思考、对生活乐观、对生命有信心、心地善良、关怀别人、自爱而有尊严，这样的人就是不化妆也丑不到哪里去，脸上的化妆只是化妆最后的一件小事。我用三句简单的话来说明，三流的化妆是脸上的化妆，二流的化妆是精神的化妆，一流的化妆是生命的化妆。"

化妆师接着做了这样的结论："你们写文章的人不也是化妆师吗？三流的文章是文字的化妆，二流的文章是精神的化妆，一流的文章是生命的化妆。这样，你懂化妆了吗？"

我为了这位女性化妆师的智慧而起立向她致敬，深为我最初对化妆师的观点感到惭愧。

告别了化妆师，回家的路上我走在夜黑的地表，有了这样深刻的体悟：这个世界一切的表相都不是独立自存的，一定有它深刻的内在意义，那么，改变表相最好的方法，不是在表相下功夫，一定要从内在里改革。

可惜，在表相上用功的人往往不明白这个道理。

东方不败与独孤求败

　　最近，被儿子拉去看徐克导演的《东方不败》。儿子是徐克迷，凡是徐克的电影都要去看，我去看"东方不败"则是对金庸的兴趣大过徐克。

　　看完《东方不败》之后，心里颇有一些迷思，想起影评人景翔说的，《东方不败》之前标明改编自金庸的小说，其实应该改为"改自金庸武侠小说的标题和人名"，因为这部电影从头到尾，不论情节、人物，都已经与金庸无关了。至于电影音乐为什么还是《笑傲江湖》的同一首，从开始到剧终，景翔的说法是："因为黄霑还没有想出新的曲子。"

　　如果把《东方不败》和金庸的小说抽开，那还是一部好看的电影，声光、摄影的品质都在一般华语片之上，节奏之快速、武功之离奇也维持了徐克的一贯风格。

　　如果要把电影和小说一起看，金庸的小说还是比徐克的电影要有人文精神。想到十几年前，因为这部书里有"东方不败"这样的人物、"葵花宝典"这样的武功、"教主洪福齐天，万岁、万岁、万万岁"这样的讽刺，小说甚至在台湾被禁止出版。

想到十几年前，读金庸的小说像是读鲁迅的小说，由于被禁，读起来既紧张又兴奋。我读的第一部金庸小说是《射雕英雄传》，还是香港的版本，是香港朋友想尽办法才夹带进关的。

大凡金庸的小说都有启示性，像"东方不败"就是一个很好的例子，为了练就绝世武功，一统天下，他不惜自宫，练功练到最后竟性格大变，男女难分。他的一生都从未失败过，一直到死前的那最后一战才失败，而一败则死。

这使我们思考到，失败在一个人的生命中的意义。人生里不免遭逢失败，那么，我们宁可在失败中锻炼出刚健的人格，也不要由于永不失败而造成一个高傲、残缺、暴戾的人格。一个自认为永不失败的人，到最后由于措手不及，那失败往往是极端惨痛的——人生里是不可能永不失败的，因此"东方不败"这样的人物只是一象征，象征我们处在逆境的时候应有一种坦然的态度。金庸先生写这一人物深彻骨髓，使我确信他一定是深沉了解痛苦的，而徐克的电影，则遗憾的是没有这样的人文性。

在金庸小说里，除了"东方不败"，还有一位"独孤求败"令人印象深刻，独孤求败因为武功太高了，从来没有失败过，使他非常痛苦，到处去与人比武，求败而不可得，一生为此而终日郁郁。失败对他来讲竟是如此珍贵，听到天下有武功高的人，甚至愿意奔行千里，去求得一败。

"一生得不到失败，竟是最大的失败"，这是金庸为独孤求败赋予的寓意。我们生命历程的失败近在眼前，往往避之唯恐不及；独孤求败的失败则远在千里，求之而不可得。

失败对于生命，有如淤泥之于莲花，风雨之于草木，云彩之于天空，死亡之于诞生，如果没有失败的撞击，成功的火花不会闪现；没有痛苦悲哀，怎么能显现快乐与欢愉的可贵？如果没有死亡，有谁会珍惜活着的价值和意义呢？

金庸另一个小说人物老顽童周伯通，由于武功太高了，没有对手，只好每天用自己的左手打右手，感到人生单调，而游戏人间。

我想到，最好的人生是五味俱全，有苦有乐、有泪有笑、有爱有恨、有生有死、有低吟有狂歌、有振臂千仞之刚也有独怆然而泪下，酸、甜、苦、辣、咸，此起彼落。想一想，如果面对一桌没有调味的菜肴，又如何会有深沉的滋味呢？

　　永不失败的生命与永远在求取失败的生命一样，都将走入偏邪的困局，东方不败与独孤求败正是如此。

　　水清无鱼，山乱无神。让我们坦然于生活里的痛苦与失败，因为这正是欢喜与成功的养料，没有比这种养料对于人格的壮大、坚强、圆满更有益的了。

　　我们独饮生命的苦汁，那是为了唱出美丽的高音；我们在失败时沉潜，是为了培养在波涛中还能向前的勇气呀！

玻璃心

在中部的一所中学演讲，有一个学生问了大问题："你认为人最大的危机是什么？"

我不假思索地说："我认为人最大的危机是越来越不像人。"

"为什么？"

"因为人的品质日渐低落，越来越多的人像动物一样，充满了欲望，只追求物质的实现与满足。而人在生活形式上则越来越像机器，由于和机器相处的时间日渐增加，甚至超过人与人相处的时间，人在无形中受到机器影响，人味比从前淡薄了。"我说。

那位中学生听了，又站起来问："那么，你觉得人最大的希望是什么？"

我说："人最大的希望是单纯的心、奉献的心、爱人

林清玄
作品精选·少年版

的心。"

"所谓单纯的心就是不功利、没有杂染的心；奉献的心就是时常渴望为别人做些什么，带给别人利益；爱人的心就是设身处地为别人着想，发自内心地关怀别人。如果有这些心，人就会比较有希望了。"我补充道。

另一位看起来很活泼的女生站起来，俏皮地说："可是杨林有一首歌叫《玻璃心》，说爱人的心，是玻璃做的，很容易破碎的！"

说完后，哄堂大笑，结束了这一次演讲。在往台北的火车上，我回想着这一段对话，我们时常为我们的中学生担心，其实他们对生命仍然有着深刻的沉思，为某些生命的大问题找寻答案，只要这样的态度存在，生命的希望也就存在了。

我倒是觉得自己的答复有一些需要补充的。最近这些年，我感觉越来越多的人有两极化的倾向。一种是生活、行为、动机、人生目标极像动物，就是我们所说的"衣冠禽兽"，他们几乎不管心灵的提升，只求物质的满足，还有一些是不在乎别人死活，杀盗淫妄无所不为。另一种则是极像机器人，全部自动化，终日不与人相处，只与机器相处，在家里一切都是机器化，出门关在汽车里，在办公室则与电话、电脑、传真机为伍，晚上在沙发上看电视、听音响，一直到睡去为止。

这种两极化的倾向是非常令人忧心的，人间的冷漠无情、僵硬无义也就成为一种不可避免的倾向，因为不管是"衣冠禽兽"或"衣冠机器人"的共同特质就是缺乏人间的沟通与情义！时日既久，当然成为人最大的危机了。

要突破禽兽与机器人唯一的方法就是有一颗温暖的心，过单纯的生活，真实地为别人奉献，花更多的时间在人的身上而不是机器身上，其实这也只不过是坚持作为人追求真、善、美、圣的品质罢了。

确实，做一个完整的人比做禽兽复杂得多，与人沟通相爱比和机器相处困难得多，使大部分人"既期待又怕受伤害"，不肯承担人的责任与荣誉。我们可以看到那些倾向动物或机器的人，都是曾受过伤害和害怕受伤害的人。

可是，有一颗容易受伤害的玻璃心，总比没有心要好得多，偶尔听听心灵破碎的声音也比只想贪求世界便宜的人要可爱得多。

有时候极让人痛心的是，人类文明的推动发展，到最后竟使我们在流失人的品质。我们借着电脑、电话、传真机沟通，而懒于互相谈话、拥抱、互爱；我们看一幅画的好坏先看其标价；我们交朋友先衡量互相的价值，以便踩着别人的肩膀向上爬……到最后，许多人竟无视别人的死活，杀人放火、奸淫掳掠，被捕了还在电视上微笑。天啊！动物相互之间都还有哀矜与关爱之情，机器都有无误守信之义，人为什么沦落至此！

人最大的危机就在这里，而人最大的希望就是要大家一起来反制这种危机！用玻璃的心、水晶的心、钻石的心、黄金的心都好，不管是什么心，只要有心就好！

梅　香

一个有钱的富人，正在家院的花园里赏梅花。

那是冬日寒冷的清晨，艳红的梅花正以最美丽的姿容吐露，富人颇为自己的花园里能开出这样美丽的梅花，感到无比的快慰。

突然，门外传来敲门的声音，富人去开了门，发现一个衣衫褴褛的乞丐，在寒风里冻得直打抖，那乞丐已在这开满梅花的园外冻了一夜，他说："先生，行行好，可不可以给我一点东西吃？"

富人请乞丐在园门口稍稍等候，转身进入厨房，端来一碗热腾腾的饭菜，他布施给乞丐的时候，乞丐忽然说："先生，您家里的梅花，真是非常芳香呀！"说完，转身走了出去。

富人呆立在那里，感到非常震惊，他震惊的是，穷人也

林清玄作品精选·少年版

会赏梅花吗？

这是自己从来不知道的。另一个震惊的是，花园里种了几十年的梅花，为什么自己从来没有闻过梅花的芳香呢？

于是，他小心翼翼地，以一种庄严的心情，深怕惊动梅香似的悄悄走近梅花，他终于闻到了梅花那含蓄的、清澈的、澄明无比的芬芳，然后他濡湿了眼睛，流下了感动的泪水，为自己第一次闻到了梅花的芳香。

是的，乞丐也能赏梅花，乞丐也能闻到梅花的香气，有的乞丐甚至在极饥饿的情况下，还能闻到梅花清明的气息。

可见得，好的物质条件不一定能使人成为有品位的人，而坏的物质条件也不会遮蔽人精神的清明。一个人没有钱是值得同情的，一个人一生都不知道梅花的香气一样值得悲悯。

一个人的质量其实与梅香相似，是无形的，是一种气息，我们如果光是赏花的外形，就很难知道梅花有极淡的清香；我们如果不能细心地体贴，也难以品味到一个人隐在外表内部人格的香气。

最可叹惜的是，很少有人能回观自我，品赏自己心灵的梅香。

大部分人空过了一生，也没有体会到隐藏在心灵内部极幽微，但极清澈的自性的芳香。

梅香

能闻梅香的乞丐也是富有的人。

现在，让我们一起以一种庄严的心情，走到心灵的花园，放下一切的缠缚，狂心都歇，观闻从我们自性中流露的梅香吧！

雪的面目

在赤道，一位小学老师努力地给儿童说明"雪"的形态，但不管他怎么说，儿童也不能明白。

老师说：雪是纯白的东西。

儿童就猜测：雪是像盐一样。

老师说：雪是冷的东西。

儿童就猜测：雪是像冰淇淋一样。

老师说：雪是粗粗的东西。

儿童就猜测：雪是像沙子一样。

老师始终不能告诉孩子雪是什么，最后，他考试的时候，出了"雪"的题目，结果有几个儿童这样回答："雪是淡黄色，味道又冷又咸的沙。"

这个故事使我们知道，有一些事物的真相，用言语是无法表白的，对于没有看过雪的人，我们很难让他知道雪。像雪这种可看的、有形象的事物都无法明明白白地讲，那么，对于无声无色、没有形象、不可捕捉的心念，如何能够清楚地表达呢？

我们要知道雪，只有自己到有雪的国度。

我们要听黄莺的歌声，就要坐到有黄莺的树下。

我们要闻夜来香的清气，只有夜晚走到有花的庭院。

那些写着最热烈优美的情书的，不一定是最爱我们的人；那些陪我们喝酒吃肉搭肩拍胸的，不一定是真朋友；那些嘴里说着仁义道德的，不一定有人格的馨香；那些签了约的字据呀，也有背弃与撕毁的时候！

这个世界最美好的事物，都是语言文字难以形容与表现的。

那么，让我们保持适度的沉默吧！在人群中，静观谛听；在独处的时候，保持灵敏。

就像我们站在雪中，什么也不必说，就知道雪了。

在雪中清醒的孤独，总比在人群中热闹的寂寞与迷惑要好些。

雪，冷而清明，纯净优美，念念不住，在某一个层次上，像极了我们的心。

苦瓜特选

　　她离去那一年，他不知道为什么开始喜欢吃苦瓜。那时他的母亲在后园里栽种了几棵苦瓜，苦瓜累累地垂吊在竹棚子下面，经过阳光照射，翠玉一样的外表就透明了起来，清晨阳光斜照的时候，几乎可以看见苦瓜内部深红的期待成熟的种子。

　　他从未对母亲谈过自己情感的失落，原因或许是他一向认为，像母亲经过媒妁之言嫁给父亲的那一代女子，永远也不能体会感情的奥妙。

　　母亲自然从未问起他的情感，只是以宽容的慈爱的眼睛默默地注视他的沉默。他每天自己到园子里挑一根苦瓜，总是看见母亲在园子里浇水除草，一言不发，有时微笑地抬头看他。

　　他摘了苦瓜转进厨房，清洗以后，就用薄刀将苦瓜切成一片一片，晶明剔透，调一盘蒜泥酱油，添了一碗母亲刚熬好还热在灶上的稀饭，细细咀嚼苦瓜的滋味。

生的苦瓜冰凉爽脆，初食的时候像梨子一般，慢慢的，就生出一种苦味来。那苦味在吞咽的时候，又反生出特别的甜味。这生食苦瓜的方法，他幼年即得到母亲的调教，只是他并未得到母亲挑选苦瓜的真传，总觉得自己挑选的苦瓜不够苦，没有滋味。

有一日，他挑了一根苦瓜正要转出后园，看见母亲提着箩筐要摘苦瓜送到市场去卖。母亲唤住他说："你挑的苦瓜给我看看。"

他把手里的苦瓜交给母亲。

母亲微笑着从箩筐里取出一根苦瓜，与他的苦瓜平放在一起，问说："你看这两根苦瓜有什么不同？"

他仔细端详两根苦瓜，却分不出它们有什么差异。母亲告诉他，好的苦瓜并不是那种洁白透明的，而是带着一种深深的绿色；好的苦瓜表皮上的凹凸是明显的，不是那种平坦光滑的；好的苦瓜不必巨大，而是小而结实的。然后，母亲以一种宽容的声音对他说："原来你天天吃苦瓜，并不知道如何挑选苦瓜，就像你这些日子受着失恋的煎熬，以为是人世里最苦的，那是因为你不知道还有比失恋更苦的东西。世界上没有不苦的苦瓜，就像没有不苦的恋爱。最好的苦瓜总是最苦的，但却在最苦的时候回转出一种清凉的甘味。"

他默默听着，不知道如何回答母亲。

母亲指着他们的苦瓜园，说："在这么大的园子里，怎么能知道哪些苦瓜是最好的？哪些苦瓜是在苦里还有甘香的？如果没有经过几十年的磨炼就无法分辨。生命也正是这样的，没有人天生会分辨苦瓜的甘苦，也没有人天生就能从失败的恋爱里得到启示；我们不吃过坏的苦瓜，就不知道好的是什么滋味；我们不在情感里失败，就不太容易在人生里成功。"

他没想到母亲猜中了他的心事，低下头来，看到母亲箩筐边的纸箱上写了"苦瓜特选"四个字。母亲牵起他的手，换过一根精选的苦瓜，说："你吃吃这个，看看有什么不同？"

他坐在红木小饭桌边，吃着母亲为他挑选的那根苦瓜，细细地品味，并且咀嚼母亲方才对他说的话，才真正知道了上好的苦瓜，原来在最苦的时候有一股清淡的香气从浓苦中穿透出来。正如上好的茶、上好的咖啡、上好的酒，在舌尖是苦的，到了喉咙时，才完全区别出来有一种持久的芳香。

望穿明亮的窗户，看到后园中累累的苦瓜，他在心中暗暗想着：如果情感真像苦瓜一般，必然有苦的成分，自己总要学习如何在满园的苦瓜里找到一根最好的、最能回甘的苦瓜。

　　然后他看到母亲从苦瓜园里穿出的背影，转头对他微笑，他才知道母亲对情感的智慧，原来不是从想象来的，而是来自生活。

吴郭鱼与木瓜树

吴郭鱼

十五年没有和哥哥一起去钓鱼了，哥哥说："难得放假，一起去钓鱼吧！"

我们幼时常一同钓鱼，总在屋后竹林中泥泞地面挖一些小红蚯蚓，那是最好的钓饵。有时找不到红蚯蚓，就捞粪坑里的蛆虫洗净，置放在装了米糠的桶中。因此我询问他："我们再也找不到蚯蚓和蛆了，用什么当饵呢？"

"这容易，烤两个番薯就行了，现在去的鱼池，即使用草根当饵，鱼也会上钩的。"

出发的路上，哥哥告诉我，我们要去的鱼池原是一片稻田，因为种稻没有收入，农人将之改成鱼池，养殖吴郭鱼。现在吴郭鱼也便宜得不像话，光是养殖及捞取的人工都赚不回来，如果要填平再种稻更是费神费事，因此鱼池的主人丢下鱼池不知何去。这座鱼池完全被弃置，甚至连钓鱼的人都很少来了。

哥哥说："吴郭鱼是很耐命的，即使没有人养，它们也能快速地生长和繁殖。到现在，鱼池里满满的鱼，甩饵下去时都会打到鱼头哩。"哥哥笑起来，"所以我说饵没有关系，这些鱼饿了很久，你随便丢一根草都要抢着吃的。"

这番话对我是最好的安慰，哥哥素来知道我钓鱼技术不甚了了，说话不免夸张，使我钓鱼前产生一点信心。我们提着钓具，从柏油路上转入一条满布土石的产业道路，两旁全是正在蓬勃生长的香蕉树，偶有一些刚插秧过的稻田，还种了柑橘与木瓜。

我们小时候常在这一带嬉戏，以前是一望无边的水稻田，一直连到远处的小山下，依山而上甚至还有几畦绿色的稻田。现在稻田正日渐退缩，其实也不全因为政府鼓励转作，而是在鼓励转作之前，稻米已经无价无市，农人们不得不改植其他作物。转作的作物各自不同，算是在无路里，各自赌自己的生计。

产业道路的尽头就是鱼池，主人在平地上原本有稻田，山坡上也有稻作。为了转营鱼池，他毁弃了稻田，请挖土机挖成鱼池，就着原来灌溉的小溪蓄水，就那样从农夫变成渔民。"稻子的收入真的那么不堪吗？"我问一直在乡下教书、闲时帮忙耕种的哥哥。他说："讲起来很少人能相信，一甲稻田扣掉开销，只能净赚一万多台币，还不如工厂的工人一个月的薪水。"

至于鱼池，原本是很好的行业，可惜最近一阵子消费的趋势改变，爱吃吴郭鱼的人少了。一般人觉得这种鱼并不高级，听说在乡下市场里，一条鱼还不到十元的价钱。

我们摆好钓具，哥哥说："这些鱼已经很久没有人养了，我用草茎钓给你看。"他随意在池边拔起一株草，折下一段草茎钩在鱼钩上，用力甩下鱼池，落下的草引起池中的鱼一阵骚动，全部蜂拥而来。不到三分钟，哥哥收起钓竿，钩上正钓着一条肥厚的吴郭鱼。哥哥说："你看，这鱼饿得太久了。"

"怎么还长这么肥？"我问。

"听说为了加速鱼的生长，他们在鱼池里投放荷尔蒙，现在大概荷尔蒙还未消失呢！"

我们在鱼池边静默地钓鱼，那鱼是我看过最容易上钩的，连我这多年没拿过钓竿、常被取笑与鱼无缘的人，也眼睁睁地看着鱼一条一条地上钩。可不知道为什么，心里非但没有钓者那种收获的愉快，反而有一种说不出的哀伤之感。想到这样的一池肥鱼，在物质匮乏的年代实在是求之不得的，二十几年前的乡下，桌上只要有一条鱼下饭，就是家庭里一件了不得的大事了。现在连吴郭鱼都没有人要吃，养鱼的人甚至弃养。即使如今，住在都市的人也不能想象如此的景况。

最不堪的是，这鱼池还是从稻田转作的。鱼贱如此，稻米也可想而知，怪不得哥哥每从田中回来，时常感叹地说："以前人说士、农、工、商，这个秩序要重新排列，现在是商、工、士、农了。"

农作的艰辛历千年来都如此，但农价之贱恐怕是千年所未曾有。我的父亲爱说笑，有一次他从花市回来，说："想不到十斤米的价钱才能买一把玫瑰花。"他觉得好笑，我们却都听到笑中有怨怼之意。说花还是远的，一双孩子的小鞋，也是好几斤米价。

有时返乡会陪母亲到市场，才发现都市里的菜价远是乡下的数倍。我的伤痛是：如今交通这样便利，为什么都市与乡村的农作价格有那样大的差距？总想知道那中间的一段差距是怎么来的。乡下的香蕉一斤卖不到一元，在台北市却从未低于十元，难道经过一截现代筑成的高速公路，可以使香蕉涨价十倍吗？

钓鱼时想这些，与哥哥也时相讨论，但没有结果。吴郭鱼是无知的，它们频频吃饵上钩，才一个下午的时间，我们整整钓了两大水桶，恐怕有三四十斤。哥哥发愁起来，说："这么多鱼怎么吃？"我说："这还不容易，送给亲戚邻居不就好了？"

回到家，我热心地将新鲜的鱼装袋分开，提去送给左邻右舍，才发现表面上他们很是感激，其实每人都面有难色。我也想不出其中的道理，后来住我家前面卖衣服的妇人对我说："唉！你送这些鱼给我们添麻烦。这种活鱼在市场里十块钱两条，鱼贩还帮你杀好、去鳞、清理内脏。你送给我们，我还要自己动手杀鱼。我已经好几年没有杀鱼了。"

我坐在小时候写字的书桌前，想到那送鱼的一幕，禁不住心口发烫，好像生病一样，才深深体会到弃鱼池而去的主人真正的心情。

木瓜树

堂哥由于香蕉生产过剩而被运去丢弃的打击，去年狠下心来，把几甲地都改种了木瓜。改种木瓜的理由很简单，因为木瓜与香蕉的生长环境相似，不会因不懂种植而失败。木瓜的瓜价虽然不高，但比起香蕉，还有一点卖相。

堂哥在农作里已打滚了二十年，种作的技术无话可说。

吴郭鱼与木瓜树

他的矮种木瓜长得出乎意料地好，春天才种的，当年冬天已经结实累累，心里正在高兴木瓜的收成，后来找到收买木瓜的人来估价，才知道高兴得太早。

一斤木瓜，在乡下的田里估到的价格是八毛钱。"八毛钱？"堂哥听了从椅子上跳起来说，"现在给孩子一块钱的零用，孩子都不肯收了，因为一块钱根本买不到一粒糖，我的木瓜长这么好，一斤才八毛！你有没有说错？"

买木瓜的人苦笑着说："不是我的价钱低，这是公定价，你觉得太低我也没办法，就找别人来估好了。现在木瓜盛产，你的木瓜如果能撑到春天，一斤卖到三五元也说不定。"

堂哥说："木瓜已经熟透挂在枝上，怎么可能等到春天？"

然后他另外找人估价，果然，八毛是"公定"的价钱，甚至有一位只估了六毛，理由是："现在木瓜大部分得病，根本没人要。如果你不赶快脱手，等传染了病，一毛钱也卖不到。"

堂哥不禁颓丧起来。他算一算，请工人来采，一天的工资是三百五，如果工人一天能摘四百公斤的木瓜，连本钱都收不回来，而能一天采三百公斤的工人也是不多见的。"要自己采嘛，还不如去给人当工人省心。"他说。

堂哥的木瓜于是注定了它的命运，原封不动地让它在树上腐烂，然后通知亲戚朋友，谁想吃木瓜、卖木瓜，自己到园里去摘，同时也欢迎亲戚朋友通知亲戚朋友。可是木瓜太多了，大部分还是熟透落在地上。

我回乡的时候，听到这个消息，便到堂哥的木瓜园去，随身带了小刀，坐在木瓜树下饱吃了一顿。那些红肉种木瓜，汁多肉饱，在台北一斤没有二十元是买不到的。我坐着，看落满一地的木瓜，有的已经血肉模糊，烂在地上，有许多木瓜子还长出小小的芽苗，忽然体会了堂哥的心情——听说他已经很久没有步入木瓜园了。当一个人决定毁弃他辛苦种作的果实，恐怕是不忍心再去面对的。

遇到堂哥的时候，我问他："这些木瓜园以后要怎么处理呢？"他忍不住愤愤："让它去烂吧！我已经没有心情再耕种了，因为不知道要种什么好！"我告诉他台北一斤木瓜二十元，他笑了："木瓜一斤十元的时候，台北是二十元；一斤八毛的时候，台北也是二十元。这是我们农人永远不能理解的事。"

幸好堂哥除了种地，还在一个合作社上班，否则今年的生计马上要陷入困境。当天下午，堂哥带我去看一个农人的集市，许多农人用小货车载他们的农作到市场来叫卖，一颗三四斤重的高丽菜是五元，三个十元；一个一斤多重的白萝卜一元，七个五元；还有卖甘蔗的，一捆（大约有二十几根）二十元，三捆五十元；农人们叫得面红耳赤，只差没有落下泪来，至于番薯，则是整袋地卖也没人问津。堂哥对我说："在这里，你拿一张一百元的钞票可以买一车回家，可是一百元在台北只能喝到一杯咖啡。一杯咖啡能买一百根甘蔗，说起来城里的人不会相信。"我想，如果不是亲眼目睹，我也不会相信的。

我问："农人还有什么可以种呢？"

堂哥摇头，黑红的脸上一阵默然，并未回答我的问题，而是说："你看我们这个乡下，游手好闲的青年愈来愈多，小流氓简直比农作物长得快。原因不是没有田种，而是没有人肯种田，因为如果去开计程车或到工厂做工，每天都能领工钱。如果种田呢！一年后才有结果，这结果可能一毛钱也赚不到，反而赔了老本。"

我自己在新闻桌上，有时看到某地某物丰收，常常看到"农业充满光明远景"这样的句子，或者"农民生活显著改善"这样的标题，心中不免一片喜乐，因为我是农村长大的孩子。如今看到真正的农田，其间还只不过有十年不常回乡，真不敢相信农业凋敝如此，心里的难过实在难以形容。

十几年前我听过一位教授演讲，讲到农民种地实在只是

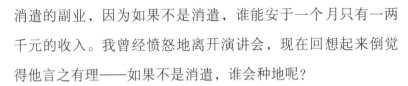

消遣的副业，因为如果不是消遣，谁能安于一个月只有一两千元的收入。我曾经愤怒地离开演讲会，现在回想起来倒觉得他言之有理——如果不是消遣，谁会种地呢？

写这些的时候，我看到从堂哥木瓜园摘来的硕大木瓜静静地躺在桌上，它一言不发，在乡间微弱的日光灯下，竟是红艳退去，一片惨白。

我静穆地看着那个木瓜，赫然发现昔时农村夜深的叽叽虫声，现在也一声都听不到了。

人格者

　　一位从年轻时代就以帮人按摩维生的盲眼阿婆，一直住在小镇的郊外，有一天她带着积蓄到镇里找水电行的老板。

　　"陈老板，可不可以在我家门前的路上装几盏路灯？"阿婆说。

　　水电行老板感到非常吃惊，说："阿婆，您的眼睛看不见，装路灯要干什么？"

　　"从前，我住的地方偏僻，没有人路过，所以不觉得有装灯的必要，加上那时生活苦，也没有多余的钱装灯。现在我存了一些钱，而且从那里过的人愈来愈多，为了让别人走路方便，请您来帮忙装几盏灯吧！"阿婆说。

　　陈老板听了很感动，只收工本费来为阿婆装路灯。

　　盲眼阿婆要装路灯的消息，第二天就传遍了全镇，所有的人都被阿婆的善心感动了，主动来参加装灯行动，大家纷纷捐钱，热烈的程度超过想象。因为每个人都在心里想着：盲眼人都想到要照亮别人，何况是我们这些好眼睛的人呢？

结果，阿婆家外的路灯不但全装起来了，马路扩宽了，通往郊外的木板桥也改成水泥桥，连阿婆的木屋都被用砖头水泥重砌，成为一个又美丽又坚固的房子。

盲眼阿婆做梦也没有想到，只是因为小小的一念善心，竟使得整个小镇都变得光明而美丽，并且燃烧了大家心里的火种。在那装灯铺路的一段日子里，镇上的人活得充实而快乐，知道了布施使一个人壮大而尊严，充满人格的光辉。

后来，盲眼阿婆死了，但是在那小镇上，每个人走过她家门前的马路，立即记起那小屋里曾住过一位伟大的人。一代一代过去，家长总是以盲眼阿婆的爱心作为教育孩子的典范，使得那小镇许多年后还是一个满溢爱心的小镇。少年孩子走过盲眼阿婆的路灯下，在深黑的夜里，没有不动容的。

这个故事告诉我们，人的伟大与否，和职业、地位，乃至身体的残缺都没有必然关系。就在我们生活四周，有许多卑微的小人物，他们也像路灯一样放射光明，教育我们，使我们能坦然走向一个有更高超志节的世界。

在台湾乡间，把那些道德节操令人崇敬的人，称为"人格者"，他们生活在各阶层，唯一相同的是，他们的人格不可侵犯，不论在多么恶劣的情况下，他们都不出卖自己，并且在处境最坏的时候还能关心别人。一听到"人格者"这个词，真能令人肃然起敬。

记得我的父亲过世时，在墓地上，一位长辈走过来拍我的肩，对我说："你爸爸是一个人格者。"这句话使我痛哭失声，充满了感恩。我想，一个人如果被称为"人格者"，他在这世界就没有白走一遭。

在农田，在市场中，在许多小人物中间，有许多人格者，才使台湾乡土变得美丽而温暖，他们以生命直接照耀我们、引我们前行。

可悲的是，进入商业社会的台湾小城，人格者一天比一天难找了。是不是让我们现在就来立志，一起来继承"人格者"的传统呢？